洛城客
劉詠平──著
NEW YORK
LA
Los Angeles
POSTAGE

劉詠平與夫婿Arnold Werdin

左起：劉詠平、海外女作協吳玲瑤會長、洛城作協創會會長蓬丹女士

洛城作協創會會長蓬丹、副會長莊維敏、劉詠平、王世清、海外女作協吳玲瑤會長、洛城作協小郎秘書長

左起：海外女作協吳玲瑤會長、世副吳婉茹主編、洛城作協副會長劉詠平

目次

序

在此除了感謝家人的支持外，同時也由衷敬謝下列我的文學摯友：于德蘭、習賢德、周愚、古冬、蓬丹、小郎、吳玲瑤、吳婉茹、談衛那、于杰夫等女士及先生們（排名依認識之先後為序），由於您們的肯定、提攜與抬愛，俾能於多年之後得以在異邦重拾舊筆寫作，特此銘心致謝。

《洛城客》是筆者以客居落實的手法，勾繪捕捉出各國移民，為了追求自由、平等及美好的未來，而必須放空自己也得擯棄過去，來到美國的第二大城——洛杉磯市，打拼奮鬥的點滴事跡。並以明述及暗喻筆調，敘述移民身在異邦所須面對的種種文化及傳統等的衝突與無奈。他們企圖在時空的轉換以及新族裔的文化溝通下，就不得不容忍並接受其現實生活中難為人知的酸、甜、苦、辣，與喜怒悲樂的真實寫照。

在這位於「陽光之州」名為「天使之城」的洛杉磯（Los Angeles），華人稱之為「洛城」有着多元種族的美西大都裡，約有四十萬的華裔移民定居在此。該市是位在美國西南臨太平洋的大城，向為亞裔落腳的第一站，也是美國少數民族過半之城。在二十世紀中期，華人在城北辟地，建立座充滿華夏特色的中國城，這座東方小城至今還是華僑舉辦活動的主要場所，且於一九八一年十二月八日，與廣州市結盟為友好城市。此後，洛城即成為美國亞裔文化最為濃厚之城，故華僑均願在此安居樂業頤養天年。由上可知，雖然移民們卯足全力意欲落地生根，但畢竟還是與當地人在根本上有所迴異，只能算為客居此地的「洛城客」罷了。

這座「天使之城」除局部丘陵外，其餘均為適人居住的遼闊平原。以它三面環山一面臨海地勢，以及一年四季陽光充足風光明媚且宜人氣候（全年氣溫平約在十二度左右），再加上市內公園綠地普及，常年碧草如茵花團錦簇，到處樹木鬱蔥蒼翠繁茂，天然景致格外迷人。此外城中還有那舉世聞名的「好萊塢電影城」，和引人入勝的「迪斯尼樂園」。人們在這既可享受那五光十色、大都會的氣派與繁華，又可親身體驗出那清新淳靜、村里間的幽閒與馨寧，在這集都市與鄉下、聚時尚與古樸於一地的濱海大城裡，讓人有種「應有盡有、人間天堂」之感，猶如置身於現代的伊甸園裡，是故這「天使之城」的確不負其盛名！故而由此一躍即成全球人們急欲定居的首選，導致人潮蜂擁而至，驟而形成一多族文化的國際安樂園。

我相信移民客居的故事，會在這陽光普照的「世界大熔爐」裡，將連綿延長永續不斷。

情人節禮物

今天是情人節（Valentine's Day），誰知老天卻不作美，打從清晨起，就被窗外那「滴答、滴答……」急促煩人的雨滴聲吵醒。唉！今年真不幸，又碰上了這幾年也難遇的「聖嬰」（El Nino）天了！

事實上，自從新年後，每天就是這般寒風颼颼冷雨綿綿的陰雨天，真是陰濕蕭瑟得叫人難以忍受。尤其是習慣了陽光普照的洛城人，恍惚間，還以為身在酷寒的塞外呢！在這般的天候下，自不用說，把個原本充滿溫馨浪漫的情人節氛圍，全都摧毀得無踪無影蕩然無存了。眼看這幅淒涼景象，不覺就勾起了我那段縈繞於心難以忘懷的情人節往事……

時至今日我還能清楚記得，那年的情人節就跟現在眼下的景象一樣，也是「聖嬰」季候，相同的，也是個刮著陰冷寒風、下著滂沱大雨的週末。由於前晚一夜的豪雨，「滴答、滴答……」豆大的雨珠，連夜不斷地抽打在門檻窗櫺上，折騰得我通宵不得安眠。待一覺醒來，竟然是次日的中午時刻。只不過，那房外煩人的雨滴聲，依舊不棄不離地持續不斷。但卻阻擋不了我家那口子愛逛商行的老毛病，一趕早，他就風雨無阻地溜出家門，獨自上街閒逛去了。

眼看著徹夜的風雨，叫我想起了孟浩然的「夜來風雨聲花落知多少」！頓時，心中為之一緊，不知園中那些名種玫瑰可還無恙？當下就擾得我憂心忡忡忐忑不安了起來。本想趁著雨歇的空檔趕去後院察看一番的，一方面去了解下災情，另一方面或可做些補救措施。誰知那窗外的雨勢非但不見變小，反倒是愈下愈大了，真是等得令我焦心。這時不禁心下暗忖：唉！照這般落雨的勢態，恐怕非一時半刻就能打止得住的。既然此刻沒法出門，光就這麼一個勁地睜眼死守在窗邊也不是事？既然這樣於事無補，那麼，不如就趁這個空檔來修身養性吧！

我靜躺在沙發上，本想趁機定心養神，只是耳邊傳來那「滴答、滴答……」持續不斷的雨滴聲，聽來既單調又有序，像極了那掛在牆上的「咕咕鐘」，終年就像這樣不眠不休永無止息地向前邁進。我居然就在那「滴答、滴答……」腦人的雨聲中墮入夢鄉。

就在我睡意正濃時，一連串「咕咕，咕咕……」的鳥叫聲，頓時把我從夢境中叫醒了過來，喔！原來是「咕咕鐘」裡的布穀鳥，正理直氣壯連叫了十二聲，呵！居然到了該吃午飯的時刻了！

我起身瞄向窗外，那雨還是勁頭十足持續地下個不停，天空為片片的烏雲遮蓋得嚴嚴實實，灰暗深沉得一望無際，看了真是叫人苦悶得發慌。這哪像是洛城的初春啊！那往日春暖花開的美景、那普照大地的煦陽，這會兒全都躲到哪兒去了啊？一陣嘆息後，就在我一愁莫展呆望著雨滴兒出神時，不禁又再擔心起我園裡那些悉心栽培的玫瑰花來！總不能老是這樣趴在窗邊乾著急啊？該趕緊想出個什麼對策才是正著吧！一面鞭策著自己，一面又坐回沙發上開始集中精力絞盡腦汁，試圖想出個有效方法來保護我園中心愛的花兒。正當我聚精會神搜腸刮肚之時，「哈哈……」背後突然冒出老公得意的笑聲。

「哈哈，親愛的，妳猜猜看！今天是個什麼日子呀？」進屋伊始他就興沖沖地大聲問道，臉上還帶著幾分故弄玄虛的神秘表情。他這出其不意似乎還有些莫名其妙的問話，問得我真是一頭霧水，一時，真搞不懂他葫蘆裡到底賣的是什麼藥了？於是惹得我心頭免不了就開始嘀咕了起來：呵，一個趕早就冒著風雨奔去「血拚」的「一家之主」，還能使出個什麼招數來呢？我默而不語，僅拿眼把他從頭到腳仔仔細細地端詳了一遍，只見他那張不斷眨巴著的雙眼及他那裝神弄鬼的狡黠笑臉，看得立馬就叫我心下難安。

我屏著口氣，再次把他渾身上下又詳加審視了一番，試想從他那深綠的眼眸子裡探出些端倪來，就在這時，我還沒來得及釐清頭緒，便聽到他中氣十足一字一頓地大聲對我吼了起來：「情——人——節！」當我聽清楚了他這驚心動魄的宣告時，登時就忍俊不住放聲大笑了起來。

這個節日可說跟我倆毫不相干，顯然這回老公卻不這麼想，他還把「情人節」的來由當場對我簡述說了一遍：根據傳說「情人節」的由來，是在公元三世紀的古羅馬時代，有位名叫克勞多斯（Claudius）的國王，因為他生性好戰，經年累月不停地東征西討，導致國內青年戰士日益短缺。他為了要補充兵源以持續作戰，於是就不顧一切極盡所能地強徵青年入伍，又為了確保青年免受家眷的拖累，以無後顧之憂而能全心為國出征，於是這位毫無人性的好戰暴君，竟昧著良心頒下這道嚴禁役男婚娶的惡令。恰值當時有位名叫瓦倫泰（Valentine）的天主教修士，他對這位不愛子民的昏君早就心存不滿，再又對他所頒布的這道悖倫禁婚的邪令，就更是令他深惡痛絕，為此燃起他反抗暴君協助年輕人的決心。他無懼強權禁令，義無反顧地在暗中親為青年情侶們主持婚禮，因此而得罪了暴君，在獲罪下獄後不久，這位仗義愛民的瓦倫泰修士，便在當年二月十四日冤死獄中。人們為紀念他的懿行，就把他去世的這一天定為瓦倫泰日（Valentine's Day），也就是現今的情人節。如今的年輕人，便利用這極具羅曼蒂克的當天，傳遞彼此的關懷與愛意，也是情侶或戀人們示愛求婚的最佳節日。我聽完後又瞄了他一眼，隨後就忍不住大笑了起來。

「哈哈哈！什麼『情人節』喲？咱倆都已經是老夫老妻的人了，還談什麼情人——節啊？」。我立馬就高聲回敬給他。老公聽完我這既揶揄又打趣的回應後，他邊向我搖手邊還正色地對我說教：「嘿，妳可先別笑喔！我今天可是特別為妳挑來份『情人節禮物』送妳的喔！」

我聽後，心中就禁不住開始疑惑了起來：事實上，我倆都是身處異邦的外國人，平日一向就行事低調，尤其是近年來，即便是一般的節慶假日，咱倆歷來就不曾掛在心上，也全都懶得搭理，更何況這還是西洋的「情人節」，本來就屬於年輕人的洋玩意，跟我倆無關，就是八桿子也搭不上邊的。

當時我對老公這極不尋常又耐人尋味的離譜舉動，真是既令我受寵若驚也叫我百思不解。僅就以他這即木訥又不解風情的強悍個性，以及他承繼理工一絲不苟的專業習性來說，壓根就是個守正不阿的頑固分子，再從他以往的表現來看，更是個即便是打死也絕不會隨俗起舞的人。這會兒卻突發奇想，公然跟我搞起這場浪漫的洋玩意來了？！不單甘冒這般淒風苦雨的「聖嬰」天，竟還專程去為我尋購那應節的「情人節」禮物？對他這破天荒的怪異行徑，怎能不叫我起疑思惑呢？難不成是中了什麼「邪」還是著了怎麼「道」？實在是令人匪夷所思難以想像啊！

老實說，在情人節當天送禮物，要是對別個家庭裡的男人來說，這樣的事情也許並不值得大驚小怪，但對我家這個宛如木頭的老外而言，就差不多等於是時光倒流般不可思議了！正因為如此，所以當時我心裡蕩起的那份感動簡直可以用「洶湧澎湃」來形容了。多年來這可是他第一次這般羅曼蒂克的想到我喔！

接下來的瞬間，我將大腦思索的速度發揮到極限，想像著這個「情人節禮物」的模樣。能會是什麼禮物呢？有可能是一盒高級夾心巧克力吧？幾乎可以肯定是那種松果夾心的，那可是我平日裡最喜歡吃的巧克力品種。嗯，也有可能是一束花？那就只能是紅玫瑰了，因為老公知道紅玫瑰是我的至愛。而且這些都是情人節當天最炙手可熱的應景禮品，同樣也是女士們最熱衷也是最得體的情人節禮物。

「嘿嘿！我敢保證喔，這是妳絕對想不到的。」見我沉思半天也不說話，他就語出驚人地冒出了這句話來。一聽之下，就更令我的思慮運轉得比飛輪還快，呵！那會是什麼呢？是一件金首飾？可能是一個帶有「心」墜的鑲鑽項鏈吧？於是我的想像又隨著這樣的思路蔓延開來——如果我的猜測是正確的話，那麼接下來我就敢斷定上面的心形鑽石一定是藍色的了，因為老公知道我偏愛藍色，再不就可能是枚藍寶石戒子，因為我的生日就在九月，而藍寶石正是代表這個月份的生日石。可是一想到老公剛才說過，那是我「絕對想像不到」的禮物，我對自已的猜測又生出了幾分徬徨來。那該會是什麼呢？外子看出了我的疑惑，卻故意磨蹭了很長時間，才終於亮出了手裡的底牌。只見他將兩只胳膊慢慢從身後挪了出來，臉上帶著一種神秘莫測的微笑，彷彿他那緊捏在手掌心裡的是一把可以返老還童的時光鑰匙呢！就在他猛地打開手掌的剎那間，我甚至聽到從他的喉嚨裡發出一聲短促而興奮的驚呼聲，只見他嬉皮笑臉地衝著我說：「吶！這是我今天特地為妳捎來的『情人節禮物』！」他甚至還刻意把「特地」這兩個字暴吼得喧天價響，只差沒把我已患中耳炎的耳膜給震聾。說時他還笑呵呵地邊遞禮物，邊還忙不迭地抖落他夾克上的雨珠兒。然而當我仔細一看，當場就把我看傻了眼，這下換成我來高聲對他驚叫了。

「哎呀呀！我的天啦——」我不但脫口大叫，竟還隱忍不住捧腹大笑了起來，這一笑居然把眼淚笑得直流，就差沒把我給笑岔了氣。原來他送來的這份「禮物」，與其說是意外的驚喜，倒不如說是難解的疑惑。這份既意外又超乎想像的「情人節禮物」，既不是為情人節特製，讓人心甜口蜜的巧克力糖；也不是賞心悅目的情人節花束，甚至就連一般最稀疏平常拿來作禮物送人的小瑣件，也都還堪稱不上，而是株讓人無論如何也猜不透的「迷你番茄苗」！

對於他這份別出心裁且又叫人跌破眼鏡的情人節「大禮」，由不得就睜大了眼睛，將它特仔細地看了又看，赫然發現竟還是棵幾近凋萎的小弱苗秧子！一瞬間，心頭立馬覺到特別不是滋味——呵，這算是哪門子的「情人節禮物」啊？一般情人節的應節禮物，要嘛，就是送花，再不然就應送糖呀！哪裡聽過來送棵菜苗秧子的？這真是聞所未聞的了！況且，這兒幾個月來一直都被「聖嬰」季候盤踞籠罩著，早就煩悶透了。在這種不分晝夜、終日風雨交加讓人寸步難行的惡況下，誰還會有這份閒情逸致去冒雨植苗呀？又再說了，我手中捧著的，還是株莖倒葉垂一幅病入膏肓的小殘苗秧子哩！想著他這不按理出牌的怪招，究竟是居心何在呢？難不成，想要觸我霉頭、整我的冤枉嗎？

一想到這兒，當下一股怨氣馬上就竄上心頭，適才的驚喜，全都為之一掃而空。旋即就在這按捏不住的情緒下當然也管不了那麼多了，於是就想也不想的把臉拉了下來，開始用腦中所能想像得到的最揶揄字眼，來對付他：「呵呵，好哇你……你……倒是真會看準時機呀！就這麼精準揀到這個好禮物來送我？哼，我倒還真不知道，你是怕我天陰下雨太無聊……沒事幹呢？還是好心想為我製造個健體強身的機會啊？你說啊——」

那時，我一邊在質問譏諷他，另邊心中也這樣琢磨著：像這麼個殘弱的小茄苗，能經得起這狂風暴雨不停的蹂躪嗎？假設有奇蹟出現，那麼就算它能夠熬過「聖嬰」一季的肆虐，或者也僥倖地存活了下來，那麼，以它先天不足又後天失調的狀況下，它還有本事開花嗎？若是又真有這般能耐，那麼，即便是能奇蹟似地開了花，但若是沒有另棵番茄來互傳花粉的話，哪能結出番茄來呢？（事後才知單株亦可結果）說到底，這種沒得指望結果子的番茄苗誰會去種啊？況且再加上當時正處在淒風冷雨的「聖嬰」天侯裡，值得我這麼去冒雨掘土、還得大費周章的把它栽種下地嗎？呵，這豈不是明擺著「竹籃打水，一場空」、白花工夫浪費精力的蠢事兒嗎？

一想到這兒，我心中一股無名之火驟然而生，一剎間，就像是點燃了的火信蕊子，一路就直往腦門子裡竄了上來。於是我拉起了高八音的嗓門，像潑婦罵街般地對他興師問罪起來。

「哼！我問你啊——」我咬緊了牙強憋住氣：「你這個人，到底是在打著什麼主意啊你？你給我說清楚講明白啊——」

說話間我指向窗外，對他怒吼道：「你什麼天候不好選，竟選這種『聖嬰』下雨的天氣！」這時可以聽得窗外傳來「嘩啦！嘩啦！」驚人的大雨聲，就更助長了我的氣勢，對他頤指氣使地繼續猛烈轟炸。

「嘿嘿，還背著我去買這棵爛茄苗充當你情人節的禮物來送我？呵呵，我看呀，是不是你嫌手上的銀子太多了，沒個地方亂撒呢？還是你存心就是想找本姑奶奶的麻煩？再不就是居心不良想整我冤枉？」

我這邊還沒來得及譏諷、數落完，就見他一臉急得通紅，像個熟透了的番茄一樣，極其委屈地趕忙打岔反駁。

「哎呀呀！沒有啦，沒花錢！沒花錢……我真的沒花一分錢！」他一疊連聲地邊忙著撇清、邊還鼓起張看似銅鈴的雙眼，直勾勾地死盯著我。然後吸了一口氣便拉高聲調：「我的的確確沒花一毛錢！真的！」聽他這般拚命表白，一時倒真把我給弄糊塗了，剎間居然有點反應不過來的感覺了。

就在這當口上，見我一臉茫然錯愕的表情後，他反倒呲牙露齒地放聲爆笑了起來，他這一笑竟然捧腹大笑了好半天，直笑得氣都快喘不過來這才打止停住。

「哈哈！這……恐怕是妳再也想像不到的了。」他那原本繃緊的紅臉，這會居然卯足了全勁，理直氣壯地開始對我大聲宣告道：「這棵番茄苗啊，妳知道嗎，是我常去的那家五金行送的免費贈品呢！據我猜呀，這肯定是有瑕疵的滯留品！」說到這兒他就更來勁了。

「嗯！你想想看嘛！單從店家的觀點來看，既然是難賣又有時限的貨品。那麼，與其花錢來處理善後，倒不如乾脆就拿來作人情吧！把它當贈品送給主顧啦，或是來店的客人啦，豈不是更好！這麼一來，不但為店裡省錢省事，同時也趁機打好促銷，呵，一舉兩得嘛，妳看多划算啊！」聽到這兒，不禁令我大吃一驚，心下暗忖：嘿！倒還真看不出他這個大木樁，居然還有這般靈光的商業頭腦哩！

這時我不動聲色僅拿眼對他瞄了一下，不巧卻被他接了個正。他覷著眼，看我依然是一副無動於衷未置可否的表情，激得他就更加的來勁了，於是口沫橫飛地繼續賣弄：「哈哈！妳再想想看嘛！像這種不必花錢的免費贈品，我怎麼能白白地放著不要呢？要是我不拿，那豈不是『不拿就白不拿』了嗎？呵，當然就非拿不可的囉，妳說對吧。」聽完他這番自吹自擂大言不慚的狂言蜚語後，真叫我不得不對他要另眼相看了。

我還真是沒想到，我這個一向沉默寡言拙於言詞的老公，這會兒突然變得這般的能言善道了！不僅是語出驚人唱作俱佳，並還亮出一副眉飛色舞得意洋洋的架勢來，直可媲美那坊間亂耍嘴皮子的賣偽藥的郎中了。就他這齣「驚世駭俗」的歪論後，直把我轟得瞠目結舌啞口無言了。

恍惚間，感覺腦內竟然是一片空白，就像原是滿缸儲水，突然被放空了的一樣。我除了乾瞪眼的份兒外，居然連一個字也吐不出來，當然也就更不可能對他反唇相譏打舌戰了。當他發表完高論後，臨了還不忘丟來雙狠毒的大白眼，想必是回敬我對他無端冤枉的懲罰吧！不想，就在沉默了半晌後，又聽到他意氣風發開始大放厥詞了。

「呵呵！妳看啦，真是太妙了呀，今天不偏不巧還正好碰上了個情人節，哈哈！這不，就剛好可以做個順水人情，當個情人節的禮物來送妳，順理成章的就跟妳正正式式地賀個節吧！哈哈哈！妳看看，這豈不是件一舉兩得及時應景的妙招了嗎？」聽他這一番話語，宛若當頭棒喝，一剎間便把我從他那喋喋不休的厥詞中敲醒過來。

「好哇，你——」我忿然大吼了起來：「你這豈不是『不打自招』露餡了嗎？這下子可是你自己揭了底牌說溜嘴的喲！」我終於再也控制不住了，趁勢撇下臉就惡聲回嗆：「唷，你啊！你倒真是個有本事的人哩！居然還異想天開地對我耍起了『借花獻佛』、『魚目混珠』的把戲來了呃？呵呵，不過是個店裡的免費贈品，也敢拿來唬神弄鬼的蒙騙起我來啦？好在你這根本就是『邪不敵正』自己先洩底露餡。嘿嘿，把你逮了個正著，就看你怎麼辦了？」

其實單從他先前那副大言不慚油嘴滑舌的傲態來看，早就激得我氣不打一處出了。緊接著，他那得理不饒人還乘勝追擊的一派狂言，鋪天蓋地的來叨擾調笑我，逗撩得我直想跺腳罵人。然後更令人想像不到的是他還沾沾自喜，一副盛氣凌人的態勢，硬把這株小萎苗拿來當應節的稀世珍寶來厚顏相贈！就直逼得我把一再按壓下的肝火，一下子又全都爆發了出來。

不料就在我興師問罪時，忽然發現他頭髮上依然還沾著粒粒雨珠，正順著髮際慢慢地滑落到他錯愕發呆的臉面上，我循著水珠往下看去，他那灰藍色的夾克，早被雨水浸濕了大片。看得我心頭不覺一愣，的確有些過意不去了，當下就把那衝到舌尖上的「國罵」毒語，全都活生生地硬吞了下來。

在此情此景下，不覺又暗自心嘆：咳！當今敢拿贈品充作情人節禮物的，恐怕就只有我家那個憨老公吧？想必只有他才會想得出這個餿主意來。雖說是株極不起眼的小秧苗子，但就平心而論，畢竟是他頂風冒雨從店裡一路捧回家的，即便是投機取巧或便宜行事，甚至有心敷衍唬弄，不過說到底，就算他沒有什麼功勞，但至少還出了那麼一丁點兒的苦勞吧！

一想到這兒，我那原本憋在心中憤憤不平的怒氣，幾乎就在瞬間，有如秋風掃落葉般消失得無蹤無影。心情也隨之輕鬆了起來，就像久悶海底的採珠女，在衝出水面的一剎那所得的舒暢感一樣。再則，這份「情人節禮物」既已接在手，況且早先的怨氣也煙消雲散，不如就以「既來之，則安之」坦然面對吧。於是這才靜下心來，開始為茄苗的栽培做積極的策劃。

只不過當我一想到自家院原本就小，三十來株名種玫瑰，早已把後院擠得暴滿，密植飽和到幾近「寸土必爭」的地步了，哪還有什麼空地來種這棵小弱苗啊？嗯，總不能把它不倫不類的夾種在花叢之間弄得有礙觀瞻吧？唉！真沒想到手中的這棵不速之客，竟在一瞬間就把我直攪得心煩氣燥忐忑不安了起來，以致牽纏得我腦中就像是無端被人偷掛了七、八隻水桶般，不斷地上下翻轉晃動，折騰得我千頭萬緒坐立難安。老實說，他的這份「情人節禮物」，非但沒能為我帶來絲毫情人節的喜悅，反倒是害得我心神不寧愁腸百結，甚至還有些不勝負荷的感覺。

哪裡曉得，就在我為這棘手問題搜腸刮肚絞盡腦汁的那刻，不想卻被屋外「嘩啦、嘩啦」一陣陣猛烈刺耳的豪雨聲給打斷了，原來那可惡的「聖嬰」暴雨還在屋外大肆發著威呢！從這傾盆的豪雨聲中，突然得到啟示，當即就悟出了一個解決這小苗的絕妙方案。何不乾脆就利用現成的這個「聖嬰」季，來個「將計就計」的妙招，也就是打出「大雨傾盆，無法出門」的高論做藉口，以延誤幼苗入土的時間。主要是基於茄苗的生命力本來就薄弱有限，再加上冗長的「聖嬰」季候，就能很快促使幼苗步上枯萎甚至夭折的命運。那麼逼我覓土、挪地以及冒雨、移植等的苦差，不就一箭雙鵰全都迎刃而解了嗎？換句話說，只要是陰雨持續不斷，那麼，我這招斧底抽薪斬草除根的錦囊妙計，就可不費吹灰之力且一勞永逸地為我排難解惑了。剛一想到這兒，我那原本心亂如麻，愁悵難安的心，即刻間就如雲開霧散豁然開朗了起來！於打定主意後，我就偷偷將小秧暗藏到廚檯尾端那個最陰暗的旮旯角裡去，然後就徹底將它拋出腦外，從此就再也不必去思考或搭理它了。

好在自從那小苗入門後，似乎是老天有意願助我一把，連日來竟「天從我願」，每天不是風雨交加就是傾盆大雨，那早先曾叫我煩惱痛恨的暴雨天，日來竟成為我每天期盼、時刻恭迎的及時雨了。真沒料到這個令人嫌棄厭惡的「聖嬰」天，近期來反而成了我最得力的幫手了。如此一來，竟能將我心中的陰霾頓時一掃而空，讓我能好整以暇等待妙計成功的降臨。不禁心中暗喜：只要是這般天候持續不變，而一切又都按計行事的話，那麼小苗在缺光又斷水之下，肯定不消幾天必然會如我所願——枯死無疑。

然而世界上之事，畢竟還是「人算不如天算」，就在我正暗自慶幸並沉醉在那指日可待的勝利氛圍時，詎料我家那位只主外不顧內的男當家，也不知是因天氣異常心情欠佳，還是久困屋內無所事事？驟然一反常態，成了個眼尖賽鷹、目敏勝狼的超級大偵探！竟始料未及地從牆角暗處抄出他贈送而又被我窩藏的「情人節禮物」。

「咦？」只見他來勢洶洶咬牙切齒地朝我怒吼了過來：「妳，這到底是怎麼回事啊？」正在另端冲水洗菜的我，先就是一驚，倒抽了一口氣故作鎮定，待再抬頭，見他一個箭步，人已衝到我面前。我急忙把水關了，屏氣凝神的死盯著他，只見他臉紅脖子粗地一面怒瞪向我，一面用顫抖的食指不斷地點指著小番茄苗，口中更是厲聲逼吼了過來。

「喂！我在問妳話呀！妳到底是在搞什麼鬼啊妳！居然敢把番茄苗藏在這個旮旯裡？妳，妳說話呀。」一幅凶神惡煞的嘴臉，就像是想立刻要把我吃掉一樣。老實說，要不是他提起，我早就把這檔子事給忘得精光，不禁心中暗自叫苦：「唉！我怎麼就這麼倒霉啊！居然被他人贓俱獲逮了個正著，這下子可真的是鐵證如山。噢，我玩完了……」一面自艾自怨，一面卻集中腦力想盡快找出個解套之法。

哪知，我腦筋還沒來得及轉，便被他那雙綠光閃爍含毒帶刺的眼眸子給懾住了。如果說銳眼如刀能殺人的話，那麼在這種情況下，我怕早已死過好幾次了。接下來他氣憤難掩開始對我發起飆來。

「嘿！妳算算看，這都什麼時候了？」他窮凶惡極地對我大吼：「都……都已經是第七天……第七天了呀！妳……妳為什麼到現在還不把它種下地呀！」咄咄逼人的凶狠樣兒，就像是法官盤詰罪犯似的在逼我從實招供。

但憑以往經驗，我若想要潔身自保，最好的自保之道，就是一語不發保持沉默。即便是他火冒三丈甚或大發雷霆，也以無言來全力對付。這麼一來，就會使他無懈可擊，當然也就無從爭辯了，那麼事情也就因此而不了了之。因此，儘管當時他雙手叉腰，怒目橫眉地威脅逼迫，但我仍舊不為所動，只是一個勁呆若木雞，僵立在水槽邊。兩人就這樣無聲無息地對峙了起來，霍間空氣像是被凝固了的一般令人窒息得難安。

我這不動聲色僅以冷漠相對的一招，終於激得他怒氣沖天。

「好……好……好！那妳這回就給我仔細的聽好了，若是這棵小苗妳再不立刻種下，我擔保一定是必死無疑。嘿！到時啊，妳就是個謀命的罪魁禍首，我就只有唯妳是問了，哼！」他斬釘截鐵撂下這番狠話後，又再指了指那棵害我受罪挨罵的小茄苗，然後連頭也不回地忿恨離去。

他這前腳剛一走，我馬上就將目光投注到那顆該死的小苗株上，乍看之下，不覺令我驚訝萬分。那株原來萎弱不堪的小秧子，此刻居然像是劫後餘生般，非但沒如我願凋萎夭折，反倒是脫胎換骨搖身一變，成了棵生氣蓬勃綠意盎然的小茄株來了，真是叫人做夢也沒法想像得到啊！僅看它抽莖展葉的那副得意勁兒，就使我倒抽了口冷氣。就這麼一來，那我日前精心策劃的如意算盤，豈不全被打硒泡湯了嗎？也就是又把我重新打入那躲之唯恐不及的苦差裡去了。

如果說，上次令我費盡心思使出的錦囊妙計，都被他逮了個正著，那麼這回又再次跟他交手，即便是我痛改前非認真辦事，恐怕必然是免不了他的懷疑跟監視的。一想到這兒，便可預知自己要大難臨頭了，往後想必是要在膽顫心驚、惶恐不安之下度日如年了，這個預測應是毋庸置疑明擺的先兆。

恰當我聚精會神謀求對策之刻，那個剛憤而離去的當家，竟神不知鬼不覺戛然冒了出來，宛如路邊的電線桿般直挺挺地立在我面前。從他驟然折回的舉動及他喜「速戰速決」的習性來看，這冷不防的顯身豈僅是下令而來？根本就是即時督工而來。當然，他這套戰略企圖，我是再清楚不過的了。孫子兵法上曾註明：想要勝過對方，就得「先法治人」以能及早取得主導及控制權方為上策。據此，我準備搶先發言，哪知不待我啟口，屋外就傳來「嘩啦、嘩啦」震耳的豪雨聲，這對我有若天籟之音的及時雨聲，聽得我心花怒放，直樂得大呼大嚷了起來。

「嘿嘿，你看外面！」我理直氣壯地邊指向窗外邊對他喊道：「看清楚了吧！這麼大的風雨，我連家門都沒法踏出一步，你叫我怎麼到後院去挖土植苗啊？就是換成了你自己，嘿，也肯定是不願的。」高八音的嗓門就這麼狠狠地大糗了他一頓。但見他眉頭深鎖一個勁地望著窗外。我知道是時候了，就抓緊這刻難得的機會，再接再厲趁勝追擊。

「呵，像這等種菜的大事啊，只能等天晴的時候才能下種滴，你自己不也看到嗎？像這種刮強風下大雨的『聖嬰』季裡，即使我個人不介意去頂風冒雨，甚至去挖土植苗，嘿！在這種風雨交加的季侯下，即便早已成年的植物，也都難承受『聖嬰』的摧殘，更別提移植這棵小弱苗了。若硬將它活生生地披露在這種惡境之下，你不用猜也就能想像它的下場，你想想看，這麼小的幼苗，任憑它在強風驟雨下，不是被大風連根拔起曝屍在外，就是被豪雨打得七零八落溺死水中，總之無論如何都是死路一條，那不就是判它死刑嗎？」

調侃到這兒我偷瞄一旁沉默不語的他，這時見他急躁得把嘴咬得死緊，那對藏在深眼眶裡的綠眼珠子，此刻竟溜轉得比飛輪還快。我估量應該是出擊的好機會了。於是就趕忙趁勢卯足全力盡量加碼，以便痛痛快快的陶侃他一頓。

「呵，那我就老實跟你說吧，就一句話，你就是不能在這個當口上去植苗，否則對小茄苗來說，不光是救不了它反倒是在害它處它死刑。既然是這樣的話，那豈不就是在害我空忙一場，白費功夫、浪費體力。」我歇了一下，然後放大聲量加強語氣：「要是你真不信邪，非要趕在這個時節來移植幼苗的話，嘿嘿！到那時候啊，若是小苗有了個什麼三長兩短的話，哼，那可就不關我的事了喔，就要唯你是問了！」說到這兒，見他把個頭一直垂到胸前，沮喪得無言以對，就在他正要轉身離去之際，我趕忙把他叫住，又意猶未盡繼續對他再次打趣奚落他一番。

「呵呵，不過我說呀，儘管現在是『聖嬰』天侯不宜農務，呵！不過呢你大可放心！我呢，絕不會暴殄天物的，尤其是你特選的這份『情人節禮物』嘿嘿！不用花錢的免費贈品，哈哈——」幾句含沙射影的反諷，一時又把他堵得啞口無言了，在狠狠地斜覷了我一眼後，只好搖了搖頭憤然離去。

只不過當時，我雖在口頭上大大的如願得逞了，也可以暫時蒙混過關了，但那棵小茄苗，既然已在東窗事發被意外「抓包」之下，即便暫時逃過眼下這一劫，但俗語說：「能躲過了初一，總躲不了十五」自己也心知肚明，在老公的霸政下，遲早逼去「掘土種苗」是必然之事。但當我再細觀這棵小茄苗時，就它先天不足又後天失調的情況下來看，不論是哪種狀況，也必然是困難重重，終究不是夭折就是滯長，總之，是沒得指望開花結果的了，然後就丟進「堆肥」化為肥料……誒！一想到「堆肥」，一個念頭如同閃電一般劃過我的腦海，不正好就拿它當作「堆肥」材料吧！

思及到此，心下靈光一閃突發奇想：既然遲早就會丟進「堆肥」，那麼，何不乾脆就趁在眼下，直接將小苗插在垃圾堆上，再任由它自生自滅，來上個「一不做二不休、一了百了」的終結手法吧！如此一來不就兩全其美，一方面可解除我的燃眉之急，對外子有所交代；另方面，既然已被插置在肥堆頂上，此後處理小秧苗之事，就等於得到了這個妥善的解決，也省下我日後諸多不必要的操勞跟麻煩。由此看來，這簡直就是件一舉兩得、一勞永逸的絕妙好招了，於是我就毫不遲疑決定按計行事。

於打定主意後，我馬上就搶在一個風歇雨住的空檔上，抓了那棵該死的小茄苗直往後院奔去。由於雨水浸濕的緣故，使得「堆肥」頂上所覆蓋的土壤鬆軟易掘，為求速戰速決爭取時間起見，我索性連圓鍬也都省了，僅用食指隨便在「堆肥」頂摳開個小洞，快速地把那煩人的小苗硬塞到洞內，前後不消一分鐘光景便大功告成。心中暗忖：這下總算可以向家裡的那暴君交差了吧！從此以後，應可免掉他的嘮叨，好讓我落得個耳根清靜高枕無憂的平靜日子了。

其實，插下小苗的那個「堆肥」，原是鄰居鮑伯•漢斯大力推薦的環保妙法。這位曾任西爾思（SEARS）園藝部資深經理的鮑伯，常以「老農」自詡，他認為自製「堆肥」是處理廚餘最簡單也是最有效的唯一妙法。他這項「化腐朽為珍寶」的環保概念，就是把廚內殘留菜渣、果皮，以及園內修剪殘花、落葉等有機廢物，全都倒入後院牆角的深坑內。等待它腐化分解，數月之後變成為黑色粉狀，也就是俗稱「黑金」的天然肥料。這種以環保為念，將廚餘腐化成「黑金」的回收法，正是這位急公好義的退休「老農」——鮑伯所積極倡導的新概念。

自從與鮑伯為鄰後，這位敦親睦鄰的義工，見我院內除了玫瑰花外，就不曾看到任何其他植物，顯然看出我是個不識菜圃園藝的「老外」。因此若是週末剛好看我在園內瞎忙時，他總會過來駐足閑聊片刻。在談話中常會以他作義工那種責無旁貸的精神，熱忱傳授些園藝方面的知識。而更多的時候，還會捎來些自家園裡的應時農穫，比如他拿手的鮮紅番茄啦、碩大的美洲南瓜啦，還有翠綠的花葉菜……等，當然本地（橙縣）的特產，那甜美大顆的柑橘，更是他每年必不可少的聖誕贈品。這會兒我的「情人節禮物」——小茄苗，已在「老農」的環保計劃下將成「黑金」肥料，已是件指日可待的不變事實了。

蠻以為打發了那討嫌的小苗後，自己就可高枕無憂，再也不必為它操心費神了。只不過這世上之事，有時還真有些邪門呢！就像是老天特別愛跟我開玩笑似的，我那平靜的好日子還沒過上幾天，就又遭那陰魂不散的「小禍害」不依不饒地再次又纏上我，想對我展開另場糾葛大戰。

大概就在插下那茄苗還不到一週的光景吧，那天趁著晨雨初歇天剛放晴的那刻，我趕忙搶著把囤積多日的廚餘按照「老農」的指示，想全部倒入後院那做「堆肥」的垃圾坑裡。不料，我人才剛轉到後院，赫然被眼前突變的景象給震呆了！只見那「堆肥」上端，並不是我那日隨手插上的小弱秧子，而是棵生氣蓬勃、開滿黃花的番茄株，就像是在對我示威般，卯足了勁兒，耀武揚威地端立在「堆肥」頂上蔑視著我呢！

這完全意料不到的驟變，嚇得我目瞪口呆，赫間連雞皮疙瘩都冒了出來！這股驚悚不安的感覺，就跟剛看完恐怖刺激的魔術後，所遺留下的那股令人困惑甚至驚悚之感。就此我快速丟下手中廚餘，三步併兩步朝「堆肥」奔去，趕緊勘查實況一探究竟。不料接下來的事就更是叫我驚嚇不已。當我湊近觀察細看下，赫然確認出眼前這顆花繁葉茂的番茄株竟然就是日前我親手塞下的那棵小茄秧子，此刻它非但沒夭折歸西，反倒是應驗了「無心插柳柳成蔭」的那句古諺了。

在興奮之餘，於是我不計前嫌，靜下心來仔細觀賞起那朵朵成簇的小黃花兒，同時又驚訝地發現那些成簇的小花，全都星羅棋布地嵌夾在繁茂的枝葉間。乍看下，猶如萬點繁星漂浮在一片綠海之上，那明黃的小花兒，在鮮綠葉片的陪襯下，色彩更顯得明亮耀眼煞是好看，叫人看得真是目不暇給。於是就愈看愈起勁了，以致連適才來時那份驚悚、失望以及不快之感，頓時全都拋到九霄雲外，只是喜孜孜地盡情欣賞眼前的奇觀美景。

當時，我邊忘情觀賞邊又為小苗的奮鬥精神讚歎不已，不覺間，竟不自量力地點數起滿株上的小金花來了。我津津有味地數了又數，似乎總也數不清楚似的。就在我認真數花的當兒，腦中卻出其不意地閃出個疑點來──「獨株無法傳粉」，無法傳粉就表示不能結果了。一棵不能結果實的番茄種著有什麼用啊？僅就這麼一剎間，便把我原本滿腔炙熱雀躍的激情，有如秋風掃落葉般，瞬間吹刮得一乾二淨絲毫不存。在呆愣了半晌後，不禁又為自己戛然悲喜兩極的憨態，忍俊不住反倒開懷地哈哈大笑了起來。

事後想來，世間之事定在冥冥之中早有安排。當夜正要關電視入睡之際，就在這時，像似有鬼使神差的一般，突然聽到「家園」電臺那位農藝專家詹姆斯博士熟悉的聲音：「番茄是先開雄花之後才再開雌花，以便易做同株傳粉……」哎呀我的天！這突來的美訊佳音聽在我耳裡，就像是巨雷轟頂般，轟得我睡意全消，精神也隨之亢奮到了極點，震撼得連手都抑制不住地打起抖來了。

這真是件大好消息！那一直鬱結在我心中的疑慮，就這麼輕而易舉地解除掉了。不料，當我如夢方醒正樂不可支到得意忘形時，猛又聽到博士的警語：「不要把植物種在新做的『堆肥』上，否則在垃圾腐化釋出的高溫會燒死植物的根部……」聽到這兒，我整個人就像是突然遭到電擊似的，猛一翻身就從床上跳了下來。慌得竟連話也來不及說，便急著把才睡下的老公，連推帶拖地強拉下床來。兩人倉皇得連拖鞋也都來不及穿，就這麼赤著光腳，沒命地直往後院衝去，為的就是想即刻把長在恰是定時炸彈「堆肥」上的茄樹，盡快遷移到安全地區去。當我衝往後院的途中，已下定決心，準備將園中最肥沃的一處讓給這棵花開滿枝的番茄樹了，即便需掘出培植多年的名種玫瑰，我也都心甘情願在所不惜了。

但誰又曉得，這門才剛開，就被門外那鋪天蓋地的急風暴雨，狠狠地堵塞在屋內，而室外一片漆黑，什麼也看不見，真是束手無策了，看來一步也跨不出去，當然什麼事也做不成。兩人就只好固守在門邊，除了望雨興嘆一籌莫展外，就只有乾著急的份了。我倆就這麼巴巴地緊盯著門外，那「嘩啦，嘩啦」的暴雨聲簡直是沒完沒了的就是下個不停，聽得真是令人心煩，到後來那每滴墜地的雨聲，聽來就像是滴滴小鐵鎚，全都打在我心頭上一樣，苦不堪言。就這樣，又呆等了莫約半個鐘頭，看看已是午夜十分了，可恨的是，那門外的雨勢，依舊是大雨如注毫無歇止的跡象，最後只好打退堂鼓，取消了當晚遷移搶救的計畫。

不想這連夜的風雨，竟然又持續肆虐了好幾天，放眼望去，真是「十日雨漣漣，高山也成田」─後院早已積水盈寸汪洋一片無處落腳了，即便是在陽光之城的洛杉磯，一旦遭逢「聖嬰」的眷顧，那原是晴空萬里的藍天，就像是被誰砸開了個大窟窿似的，豆大的雨滴猶如洩洪般，沒完沒了地狂落個不停，那連月的陰風慘雨，就算你盼破了眼珠也絲毫沒有放晴的跡象！這讓多日癡守在門邊的我，等得有如熱鍋上的螞蟻，真是等得心急如焚寢食難安。尤其是一想到那句「垃圾腐化產生的高溫會燒死樹根！」的危言警語時，就覺得心頭怦然一驚，把我那早已緊繃的神經，更像是在火上潑灑汽油，急不可耐了。

然而天意難違，眼看此情此景，也就不得不先按兵不動暫且耐心等待，與此同時也期盼老天能大發慈悲，救救這棵小番茄吧！

為了要爭取時效，以能及時搶救出正在危堆上的小茄株，於是我倆就不得不實事求是堅守在門邊，以能伺機而動。這般提心吊膽的又熬了四、五天，無奈老天爺仍舊是毫無憐憫之心，持續下雨如注，像是有意考驗我倆的耐心似的。在多天苦等煎熬下，畢竟是耐性有限，於是我倆在忍無可忍的衝動下，也顧不得當頭的寒風霏雨了，扛起工具就一鼓作氣奮勇地朝後院衝去。

誰知才衝到後院，即被眼前的奇景異象愣得瞠目結舌！只見那曾黃花遍佈的小茄株，此刻居然搖身一變，奇蹟似地成了棵兩尺來高、通體青翠的番茄樹了。待再湊近細看，更叫我吃驚了，那日前滿株奪目黃燦燦的金花兒，這會兒都似變魔術般，全都脫胎換骨變成粒粒的小玉珠了。我掐指一算，這前後也才不過是幾天的工夫，竟然突變成眼下這般令人訝異的地步。

但見粒粒玉珠在微雨的洗禮下，顯得格外剔透油亮，它們成串成串地摻雜在莖葉之間，乍看之下，那幅精緻嬌嫩、巧奪天工的模樣兒，靈巧得叫人嘆為觀止！就在我全神貫注看得目不暇接的那剎，耳邊恍惚傳來外子喃喃自語的聲音。

「誒！你在幹嘛呀？自說自話的？」我一邊欣賞面前翠綠的小玉珠子，一邊信口問道。

「噢，我正在數枝上的小番茄呢！」他興致勃勃回我。不禁令我暗自偷笑，但還是忍俊不住勸他道：「呵呵！我勸你就別數了，那麼多怎麼數得完？」

說話間，竟連落在頭上的雨珠子也都渾然不覺了。我看他數得那麼起勁，也幫著他跟著趕忙數了起來。正值我倆忙不迭地點數著小綠果子時，「咣啷！」一聲巨響發自身後，回頭一看，原來是外子慌著數果子，不慎將才扛來倚牆的圓鍬給撞倒在地上，幸好沒倒向我倆。一看到圓鍬，即刻就想到咱倆這趟冒雨奔來，不全是為搶救番茄而來的嗎？為免除燒根致命的厄運，想盡快將它遷離「堆肥」——那形同定時炸彈的危險地點。

正想到這兒，冷不防腦中又閃出個另項疑惑來，那就是老農鮑伯曾經一再告誡過的：「植物絕對不能在它開花結果的時候去移植，否則一定會死的！」僅就眼前這棵已結實纍纍在「拖家帶眷」的盛況下，還想另植喬遷？若照老農的警語，那就肯定是件不可行的事了。在告知外子這突如其來的實情後，一時間兩人都為之愣然，四目相投愣呆得不知所措了。半晌後，突見外子以手托頰，另手指向番茄。

「嗯！鮑伯的話我們當然是要聽的囉！不過妳看啦！就眼前還在『堆肥』上的這棵番茄，不但長得枝繁葉茂，同時還結了這麼多的小果子——」他頓了一下像是福至心靈歡聲對我道：「呵，據我看啊，這哪像是會燒根啊？反而覺得這個『堆肥』不但沒燒死它，反倒成了助它茁壯成長、開花結果的風水寶地呢。我倒認為，與其費力移植害它送命，還倒不如來試試運氣，就留它在原地吧！這麼一來，還可以省省我倆的氣力呢，呵呵，妳說呢？」

聽他這麼一說，再參照眼前的實例一看，既然連這掘土的當事人都這麼明確的表示了，那麼還犯得著再去多此一舉嗎？於是原本十萬火急的移植大計就此鐵定打住了。雖是這麼說，但在我內心深處還是有些疑慮重重，但也只好就此作罷了。

不過，如果說剛才那節外生枝的事，已攪得我倆困惑不已了，那麼接下來所要對的新問題，無疑就是直接挑戰我們的實力了。原來，恰在我倆滿心歡喜盡情欣賞著這些小玉果時，竟驀然又蹦出個新顧慮來，而且還是必須面對的當急之務呢。也就是在不久的將來，或許還可能會更早些，就必須面臨果實成熟時那與日俱增的負重問題。唉！真是一關才過又遇一關。這始料未及的新難題，逼得我倆不得不當機立斷。一眨眼，那才鬆懈的心情，就此又一次遽然繃緊起來。因起棚搭架的遲早，直接影響到番茄的成長及其產量。又想著這顆小番茄不屈不饒的奮鬥精神，以及我倆為它勾心鬥角，和一路費心勞神且風波不斷的嘔心瀝血過程，現在既已走到這個地步，為免前功盡棄，因此就在這當口上兩人毫不遲疑，決定次日立刻開工。

翌日老公下班一抵家門，趕忙丟下公事包，換上工作服還戴上雨帽，興致高昂得連晚飯也不吃了，就直往後院裡奔去，儘管屋外還是細雨連綿，可滿腔熱忱的他，為了番茄的福祉，便迫不及待地展開了他築棚造架的偉大工程。那時雖還是早春時節，但因受「聖嬰」季候的影響，即便是傍晚六點不到，便已是夜幕低垂伸手不見五指的黑夜了。好在這點的不便，倒是難不到他，莫約幾分鐘光景，他便將後院打理得燈火通明有如白晝，以作他挑燈夜戰漏夜趕工的準備。

隔日清晨，我好夢連綿睡得正熟，猛的被老公奮命地一把拉起，然後二話也不說，就下死勁把我從床上直揪了下來，再往屋外一路拖去。一時倉猝得連拖鞋都還來不及穿，只好光著腳丫被他連推帶拖地擄到後院。

一抵後院，立刻就被眼前那巍然屹立的巨型大架嚇震了，驚恐得半天也緩不過氣來。待息氣定神、再屏氣凝視地仔細觀察一番後，這才發現，原來這整座拔地而起的龐然大物，居然是老公僅用一個舊曬衣架改裝而成，這座長六尺，高、寬各三尺的超級番茄架，從遠處望去，令原為配角的大瓜架在相形之下，就這麼喧賓奪主地將小主角掩藏得幾乎不存在了，不光是比例懸殊，即便是整個畫面，也予人有種頗為突兀不當的感覺，這大而不當極為滑稽的畫面。頓時就逗得我忍俊不住捧腹大笑了起來。

在我任情的狂笑聲中，忽又想起這尊龐然巨架，還是他大費周章徹夜趕工出來的傑作呢！一想到他這般小題大作班門弄斧的敬業蠻勁，就更是逗得我笑得前俯後仰，幾乎直不起腰來。然而，眼看這具不切實際的巨形大架既已搭好，對於他的這項傑作雖不太苟同，但也只好勉為其難地概括承受了。

打從當天搭架起，我倆就決定全力以赴來培育這棵大難不死的小茄樹。由於咱倆都是門外漢，對務農之事可說是一無所知，因此舉凡澆水、施肥、除草、甚至殺蟲等農務，全都依老農所送的「菜園手冊」來照章行事，並還一概鉅細靡遺親自服伺打理，絕不假手他人，連園丁也嚴禁觸碰。每天除了上班之外，我倆就興致高昂地為這棵番茄忙得不亦樂乎，就像在照管自己的新生兒般悉心護呵。小茄樹就在這全方位的照管下，就愈發的欣欣向榮，日益茁壯了起來。也幾乎就在這時，我才真正體會到詩人李紳的〈憫農〉：

鋤禾日當午，汗滴禾下土；
誰知盤中飧，粒粒皆辛苦。

這原是棵不值一顧的小茄苗，此刻卻得到這般無微不至的照應，與它初來乍到截然不同的待遇相比起來，真有「麻雀變鳳凰」的天壤之別。此後，咱家番茄成長的一切狀況，就成了我倆茶餘飯後最津津樂道的話題了。

時光就在心無旁鶩的忙碌與驚喜中，飛逝得比往常要快速得多！沒多久，這棵小寶貝便在我們細心的照料下快速飛長。那些原先懸掛在枝葉問圓溜可愛的小玉珠子，似乎也在轉瞬間長得跟蘋果一樣大了。之後，又不消多時，那看似綠蘋果的大番茄，就從養眼的深綠，一轉而成耀眼的橙黃；又過一兩天後，它嬌滴滴的橙黃再一路驟變，最後終於變成了那搶眼奪目的鮮紅色。

眼見它那秀色可餐、香氣誘人的魅力，真是叫人看得愛不釋手。回想到當初，原是株極不看好的幼弱小苗，竟能在先天不足又後天失調的狀況下，還能一路克服萬難，從逆勢中蛻變成長，它奮鬥求生的毅力，是多麼的不可思議而令人驚嘆啊！

光陰似箭日月如梭，總算皇天不負苦心人，在當年六月中旬終於瓜熟蒂落，盼到第一批最夯的心血結晶——八個鮮紅豐實的大番茄就呈現在眼前。個個都像熟透了的大蘋果似的，那秀色可餐令人垂涎的模樣，叫人一見就會有種情不自禁的衝動，想一把摘下，然後盡情的大快朵頤一番。當時心中的喜悅與滿足，實在是非筆墨所能形容於萬一的。我一手托著如巴掌大的紅番茄，另手以剪刀對準蒂頭上端用力剪下，只聽得「咔嚓」一聲，一個質優、量重、賞心悅目的大紅番茄，瞬間就落到我的手中。我如獲珍寶般小心翼翼地捧在手上，又生怕一不小心有個閃失，便乾脆將它裹到兜起的襯衫下擺裡以備不測。然後輕輕摸撫它光滑艷麗的果面，就在把玩之間，不覺一股濃郁的果香沖鼻而來，就忍不住把它捧到嘴邊，輕吻著它散發出濃濃的茄香。又在一番觀賞讚歎後，我便將八個碩大鑾具分量的番茄，以手分別試掂了一下，沉甸甸的，大約都在三、四兩重之間。我倆欣喜若狂得宛如中了「樂透」頭獎似的，各自捧著一個大紅番茄，得意忘形到手舞足蹈直是笑個不停。

手中的珍果在喜鬧歡笑中，不時發出誘人的茄香，那酸甜沁肺的香氣，挑逗得我垂涎欲滴，引得肚腸也隨之「咕咕」應合地叫個不止，隨之食指也就大動了起來。就在我和外子互換眼神後，隨即不約而同以跑百米的速度衝回廚房，趕忙將番茄沖洗乾淨後再取來銳利小刀，將番茄從側面橫剖開來，只見茄內似傘狀的經脈，清晰可辨紋路分明，如花蕊般渾然天成，一幅精美絕倫的曠世艷圖就呈現在眼前。

「哇，我的天！好一幅美麗的芙蓉花蕊啊！」我禁不住大聲嚷了起來。儘管美食於前且又在饑腸轆轆的當口上，但面對自己珍愛的心血結晶，還真捨不得用它來充飢呢！只不過隨著時間的推進以及在肚腸的抗議威脅下，委實抵擋不住它香郁可啖迷人的召喚，以及它秀色可餐令人垂涎的魅力，以致早先對它珍愛不捨的戀情，此刻全都拋出腦外，消失得無影無蹤。

我迫不及待張口就咬。剎那間，瓊漿玉液似泉水般噴射了出來，濺得眼前景物一片紅暈，口內卻只覺肉厚汁鮮，令人齒頰生津回味無窮。外子見我陶醉其中的表情後也馬上跟進，他張嘴就這麼大口一咬，一時茄汁從嘴裡瀑濺了出來，噴得他滿臉紅漿，差點沒把他眼睛給摀住了。縱然吃相雖是這麼的狼狽不堪，但他還是毫不在意，一口接著一口狼吞虎嚥。眼看他大快朵頤吃得津津有味，可他口中卻還不閒，一個勁地直呼過癮。這時我心知肚明，曉得我們育出了棵茄中的極品了。

自首次收穫後，我們的番茄產量逐日急增。不久後，每日早晚都得各擷採一次。待到十月底，生產量居然飆到頂峰，每天竟可採達五、六十個之多，而且個個都是賣相頗佳的上乘極品。這般豐盛的農穫幾乎是不待多時，就把我家屋裡的冰箱、冰櫃以及屋外的車房、儲室，全被一袋袋的番茄排得滿處都是，就連餐桌、廚檯也都無法幸免。

面對這龐大的產量，除了每餐用做烹飪也當水果之用外，也想盡辦法分送給左右鄰居及親朋好友們。當他們品嚐後都一致異口同聲地稱奇道絕，讚嘆不已。我家盛產「超級番茄」的美名不脛而走，就像是烈火燎原般在社區朋友間播散開來。不久我家後院經常有人來訪，最多的是在週末，人潮多得真讓我有接應不暇窮於應付之感。後才得知這些都是慕名而來的街坊鄰居，為的是想親眼目睹這棵「超紴番茄」的本尊而不請自來的。當他們一看到這棵枝繁葉茂結實纍纍的龐然巨株時，都嚇得瞠目結舌，不僅面面相覷口中還驚嘆不絕，尤其是近鄰「老農」鮑伯漢斯，當他一接到滿籃的大紅番茄時，詫異得驚叫了起來，然後搖頭晃腦嘖聲不絕地牢盯在我送去的「超紴番茄」上，莫約半晌之後，這才聽到他發聲：「嘿！這是妳種的番茄嗎？」翻滾著銅鈴般的大眼珠子，就這麼上下不停地直盯著我，我頭剛一點就聽到他大聲嚷道：「噢噢！那我就非得過去看看了。」

語音才落，他就慌得似旋風般徑自衝到屋外，一時看得我錯愕難解。直待追踪到我家後院約一米之遙的番茄樹前，這才乍然住腳僵立不動。但見他左手叉腰，右手還不住地來回撫摸著下巴，兩眼還骨碌碌地左右逡巡，之後全神貫注作外形觀察。單就他那副審思認真的神態來看，恐怕就連ＣＩＡ的專員也會望塵莫及了。他站在遠處環視了幾分鐘後，猛地一個箭步衝到大瓜架前，接著就圍繞著這棵蔚為壯觀的茄樹，以不同角度來回繞了幾圈，在確認這棵龐大茄樹，的確是棵貨真價實來自同一根命脈的單棵、獨株，而不是多株聚植一處的作弊假像，在驗明正身後，這才露出了滿意的笑容，馬上就聽到他豁然開朗的喧笑聲。

「哈哈，這果真是棵『巨無霸』的大茄樹啊！」幾分鐘後又見他快速掏出老花眼鏡，邊戴邊忙不迭地俯身湊近茄樹，聚精會神地檢驗起我那「超級番茄」。但見他先是用手輕輕地捏了下枝上的大紅番茄，然後再托在掌上閉眼偏頭地掂了一下後劈頭就問。

「誒！這麼好的品種是從哪裡弄來的？」突如其來的問話，問得我一頭霧水，一時愣得竟答不上腔來。這時忽又聽到屏棄美南拖曳的鄉音，似連珠炮般地快語追問：「是誰給的呀？——苗圃買的？哪家鋪子呀？」鮑伯那副急如星火窮追猛打的怪模樣，看在我眼裡簡直是既滑稽又好笑。

「呵呵……其實啊，嗯……」我故意拉長語調，欲言又止的想逗逗他，於是邊定睛望著他，邊又賣起關子來吊吊他的胃口。

「嘿嘿！我呢……其實啊……這棵超級番茄，既不是我自己播種，也不是別人給的，更沒去苗圃。」聽到這兒鮑伯瞇起了雙眼並歪斜著頭，臉摸不著頭腦地直盯著我，而我則不慌不忙從容不迫地繼續回道：「那是在情人節當天，天陰下雨，老公閒極無聊就出外逛街，五金行贈了棵免費番茄苗……」才說到這兒，那「老農」聽得先是張口結舌，接著以手捂嘴，最後，就愣得像石雕般呆住不動了。幾分鐘後，先見他吸了口氣，然後搖了搖頭這才回過神來，接著他又再接再厲繼續追查盤問。

「嗯……嗯，那……那你們到目前為止，共採擷了多少個啊？」

「喔！直到今天為止，我們已經採到兩百九十一個了。」我毫不思索順口就報出了這個數字。這下子又引出他那懷疑的眼光。也知道他有「打破沙鍋問到底」的老毛病，於是我不等他費神，就先自動道出這個中緣由。

「呵呵，種植番茄你也是知道的，我們夫妻倆可說是一對標準的『農盲』，對於種菜一無所知也毫無經驗，這棵番茄對我倆來說，就像是『大姑娘坐花轎』生平的第一遭，因此就感到特別的新奇有趣。這份番茄的統計簿就是在先生搭棚的那晚想出的點子。我們除了登記當天的收穫量外，每晚也結算出番茄的總獲量。哈哈，其實對番茄的採收數量，我們每天都算得一清二楚，也早就背得滾瓜爛熟了。」才剛講完，忽然又想起他那種不依不饒特愛打探的舊習慣，不如就此乾脆把餘話也都稟告完算了，免得他又像是盤詰犯人似的來審我。

「其實不瞞你說，現在枝頭上還有一百二十多個小果子呢。嗯，到年底總數應該會到四百多……」話才說到這兒，就見他那對藍眼珠閃爍溜轉。

「噢噢，我的天！這真是奇蹟啊，這也真是太……太不可思議的奇蹟啊！」鮑伯一陣驚呼打斷了我的講話，他邊說邊搖頭，接著還把那兩顆藍眼珠子像探照燈般地猛射了過來，然後他提高了聲調。

「嘿！我這就得要問妳個明白了，嗯，妳說說看，妳的這棵大番茄，到底是用哪種牌子的肥料呀？那妳平時，又是隔多久才施肥呀？份量又是多少呀？妳就說來聽聽。」說著把頭即刻探了過來，一幅迫不及待的樣兒。唉！這個鮑伯先生啊，他那張愛追問的嘴竟是這般的咄咄逼人，簡直是任你再怎麼的去堵，也都是堵不住他的那張嘴。

只是這位愛倚老賣老而又素以「老農」自居的老鄰居，他這會兒居然放下身段毫不忌諱地向我這個「莊稼白癡」來提問討教了！？真是叫我無論如何也沒法想像得到的，但從他窮追猛打追根究底的態度來看，又似乎是只為了探聽箇中的真假虛實而來。既然是這樣，那我就藉機來跟他開個小玩笑，以便好好地捉狹逗弄他一回吧！於是我底氣十足回道：「呵呵，其實啊！你也是知到的囉，我呢……哪曉得去照顧番茄呀。不就照你那年送的『菜圃須知』嗎？按時施肥罷了！你想想看，憑我，哪會有什麼絕技秘招啊？」

我邊回他，也邊觀察他的臉神。只見他先是洗耳恭聽，一派慎重其事的樣兒，然而在聽了兩三句話後，就見他臉色驟變，不但瞇眼皺眉，還把個嘴唇咬得死緊，一副心下不快、狐疑猜忌的表情全寫在臉上，分明是衝著我的回話而來。我自己當然也能看出，單按鮑伯個人的務農經驗：一個能種出這般超群出眾的成績，豈僅「只照書本按項施肥罷了」？不過在仔細端詳我半晌後，他又閉目沉思了片刻，然後終於打破緘默像是自怨自艾，又像是對我訴苦。

「唉，今年啊，偏就這麼巧，碰上了這個連鬼都討厭的『聖嬰』天，我們農家有句歌謠『聖嬰，聖嬰！番茄的大剋星！』這正是茄農們最憎恨的季候，也是他們最無助最無奈的一段時日。害得茄農們個個都全軍覆沒，損失可是慘重的咧！唉，今年真的是夠嗆夠倒楣的了……」說完後他一個勁的搖頭，口中直是唉嘆不止。

聽完他這段話後，當下就令我感到極其驚訝，同時也大為不解，甚至還覺得無法苟同。就在我正想以自己的實例來辯駁時，我這邊還沒開口，就被他搶先發話了：「就以我這個三十年的老茄農來說吧！今年我種的番茄，不論是在品質或是在數量上，都比往年差得太多太多了。唉，採得幾個勉強像樣的，也都只能充當氽湯的配料罷了，但是妳種的番茄啊，呵，不論是在品質上或是數量上，都是我從來沒見過的極品啊。」說到這兒，他稍頓了一下，然後就用他那似X光的透視眼又直逼了過來。

「嘿嘿！不過在我看來，嗯，妳剛才的回答我覺得很難認同。『聖嬰』畢竟是天災難擋嘛！就連有經驗的茄農們也都抵擋不了『聖嬰』的侵襲，個個都灰頭土臉敗陣下來。而你，呵，一個『農盲』一個『新手』能有這大的本事，不但違反自然並還造就出這般突出的奇蹟來？嘿！我看啦，肯定妳有什麼絕招？不妨就老老實實的說出來聽聽吧，好嗎？」

我原先還懵懂，但經他這番先告白後套招的詰問後，真叫我吃驚不小。於是就依據他的推斷，挖空心思盡力探索回思，在栽種期間有哪些與眾不同的地方？於是就由多雨，想到「聖嬰」，再由「聖嬰」馬上就想到「錦囊妙計」接下來就想到「堆肥」。

「喔！對了，對了，我想起來了，我的番茄是種在『堆肥』頂上的！」就像是發現新大陸一樣，我忍不住脫口嚷了起來。

「哎呀呀！這就是囉，這就是囉！」候在一旁的「老農」鮑伯「啪！」的一聲以手拍額，接著就一疊連聲大喊了起來。

「嘿呀，嘿呀！妳這真是太妙了，太妙了了呀，嘿嘿，我……我怎麼就沒能想到呢？『聖嬰』季裡，把番茄種到腐肥堆上，得來全然不費工夫啊。」聽了他這番答非所問且不知所云的回應後，就又把我弄得更糊塗了。就像是突然墮入五里霧中完全摸不著頭腦了。這時的「老農」卻神采飛揚喜不自禁，就好像在自家屋裡，突然發現多年不曾尋著的那隻鍍金鋼筆一樣。當他從喜孜孜的陶醉中回神過來，卻見我似個呆頭鵝般不知所措的愣在一旁時，居然引得他縱聲爆笑了起來，他開懷大笑得前仰後合，在一陣捧腹大笑後，差點沒把才裝的假牙給噴了出來。

待笑夠又歇息了片刻後，他這才一改前態，開始一本正經地對我說教了起來。只不過這位「老農」為了炫耀自己的才華，經常是一啟口就如同打開了大壩水閘門似的，那股波濤洶湧狂瀉難阻的氣勢，委實讓人難以招架。

那滔滔不絕口若懸河的本領直可媲美「十日談」的薄伽丘了。

「妳啊妳！唉呀，真是『歪打正著』啊！讓妳給碰上了唷！嘿，在『聖嬰』季裡妳竟趕巧把棵番茄種到腐肥堆上。」他劈頭第一句，就這麼聲勢浩大地對我嚷道：「這不就等於把番茄培養在暖房中了嗎？真是高招，高招啊！妳這法子也真是太高明，太高明了呀！」說到這兒他潤了潤喉，稍停片刻繼續說教。

「其實啊照理來說，一棵番茄最多也只能結出十來個像蘋果般大的果子，至於整棵番茄生產的總量，也不過就只有那麼四、五磅而已。」他搖了一下頭，然後又三句不離本行繼續道：「呵呵！妳這趟竟種出近四百多個大番茄。照一般來估量，四個大番茄合重約一磅左右，嗯，那麼四百除四……呵呵，我的天！不就是一百磅了嗎？一百磅——」講到這兒赫見他雙手捂頰嘎然住口。遲了一會又倏地拉起嗓門慎重其事地對我說。

「啊！這……這真的是太不可思議了呀！我看，我看啦，真的，真的！應該馬上去申報金氏紀錄！記得喔，馬上去申報金氏紀錄。」一說完，他拍了拍我肩膀，然後就頷首告別。就在他轉身欲走之前，這位同巷的老鄰居竟還是按捍不住，回頭再瞄了一眼我那引以為傲的「巨無霸」，這才仰首闊步含笑離去。

鮑伯前腳一走，我趕緊把他所講的那些高論，全部都再三咀嚼回味。呵！真的是叫我難以想像，以我這個五穀不分的「農藝菜鳥」，就這麼生平頭一遭，不但能「無心插柳柳成蔭」，還能「歪打正著」的育出棵超級大番茄來，就連「老農」鮑伯都為之咋舌難以置信。這等突如其來的傲人成果，恍若獲中「樂透大獎」似的，一時即覺身輕如燕，有種飄飄欲仙飛上雲霄的陶然感！

時光易逝如白駒過隙，尤其這是首次沉醉在農穫豐收之際，就更是如此了。轉眼間我這份「情人節禮物」已經屆滿週歲了！然而它枝葉繁茂鬱鬱蔥蔥，與前相比綠意盎然毫不遜色，看來並沒有受到歲月更迭的摧殘，甚至連開花結果都還是持續源源不斷，只是花、果個頭似較前略小了一號，這一發現心下為之一驚，不免又提心吊膽忐忑不安了起來。因此在往後的關注上自然就較前為殷切也更為謹慎多了。

次年三月一到，雖然洛城終於掙脫了「聖嬰」的束縛，又恢復到昔日那春光明媚的早春景裡，然而即便是再回到這朝氣蓬勃的煦陽下，但人們並沒有因「聖嬰」的離去而感到解脫，依然深陷在如前的陰霾之中。原來舉國上下，正因柯林頓的性醜聞而鬧得沸沸揚揚。每日在電視論壇中，彈劾總統之聲如火如荼地上演著。那時一向只集中精力關注氣象天候的「老農」，此時竟突然一反常態，終日全神盯注在電視政論上。他之所以這麼日以繼夜地守在電視機旁，並不是因為他熱衷政治，也不是因為自己身為在野黨員，而是基於那素有「滑頭小子」之稱、當時位居一國之首的柯林頓總統，竟然是他阿肯色州小岩城（Little Rock）的近鄰同鄉！每當電視重播著這齣「拉鍊門」的齷齪醜聞，柯林頓與小岩城之名，便在緊鑼密鼓的新聞中總是不斷地被重覆點名提到，使得原為鄉親的鮑伯先生顏面盡失羞愧不已，而與一般普羅大眾相較，就令他更覺痛心疾首了。

可就在那時，全國人民都被總統的性醜聞，鬧得滿城風雨難以開交之際，我卻能心平氣和地獨享安寧，自己一個人終日怡然自得，心情格外開朗。每天不是去盡情享受那農穫豐收的樂趣，就是醉心觀賞那天賜美景的愜意，哪還有那閒情去理他小柯的世紀大醜聞啊！

孰知好景不常，恰如俗語所言：「人無千日好，花無百日紅！」直到現在我還清晰記得那天上午，陽光格外溫馨祥和，讓人有種心曠神怡奔向自然的感覺。我於是放輕了腳步，趁著迎面拂來的晨風，循著花徑步到園中，放眼望去，哇！好一幅花團錦簇五彩繽紛的畫面啊！宛如一腳踏進了莫內的名畫——「亞嘉杜花園」裡了。

從滿園絢爛多彩春色無邊的玫瑰花叢裡，那花朵華麗碩大，又粉艷養睛的「女皇伊麗莎白」最為搶眼，這株名震花界的玫中名種，是以英國女王之名而培育出的花中新貴；立在它旁邊的則是花朵略帶幽香、色鵝黃重瓣名為「和平」的新種名玫，它能散發出誘人清香，因此特別引人矚目；另與「和平」為鄰的，是棵色紅如絨，具濃郁香氣的「奧克拉荷瑪」純種名花；若再向後邊放眼望去，就是那棵花貌高貴、典雅、色呈罕見的紫藍中型名種，但它卻有個與其容貌完全相反而又極其調皮的學名——「藍妞兒」，實在有趣，再從「藍妞兒」依序望去，便是一字排開的「雙喜」、「純銀」、「貝拉蜜」、「紅泉源」、「瑪格麗特」、「巴西野娃」……等，各類名貴玫瑰不勝枚舉。

一時，姹紫嫣紅滿園春色就全盡收眼底，眼看著這些爭奇鬥艷的花花朵朵，逗引得園中那戀花的蝶兒們，都一隻隻忘情飛舞在羣花眾葉之中，急切造訪在繁花艷朵之間，稱職地為眾花傳粉。與此同時，殷勤的蜂兒們，也都一個個忘我似地遨遊在花紅瓣綠之上，穿梭在羣芳眾蕊之際，也盡職地為家族採蜜儲糧。一時，但見群蜂競藝，賽得熱鬧非凡，眾蝶飛舞，演得儀態萬千。把個後院點綴成花影婆娑、目不暇給的露天大舞臺。哇！好一幅自然奇觀，好一幅春日榮景啊！

我一面慢慢欣賞著這春色滿園的美艷景色，一面在微風暖陽下，信步逛到我那晨昏必省的番茄樹前。也跟往常一樣，伸手正要採摘取果之時，那原本油綠壯實的大枝幹，竟於一夜之間全變成青一色的黑杆子了。那黑漆油亮得就像才塗了層鋪路的瀝青一樣，既難看又刺眼還更恐懼。當下就嚇得我連忙抽手，不覺失聲大吼了起來：「哎呀，我的天……」心中真個是一百個的納悶不解。

這到底是怎麼回事呀？昨天不都還是好端端的嗎？怎麼才隔一夜，就變成這副黑不溜丟的德性了呢？我極力反思追索，想悟出點頭緒及解決的辦法來。只是面對這突兀的遽變，唬得我腦中竟成真空，似乎再也擠不出絲毫的記憶來了，無奈得只好「無語問蒼天」了。

待稍定神緩了口氣後，心中就越想越不是滋味，腔內怒火正待發作，就在此時一束耀眼強光，刺得我只得瞇起了雙眼，剎那間，腦中似電光石閃般躍出個新疑點：唉！莫不是我老眼昏花一時看走眼了吧？想到這兒，我急得連忙把雙眼狠命地來回搓揉了幾下，邊也順勢俯身湊近那黑魆魆的幾根主枝幹，想要更仔細地勘察個清楚。

其實，儘管這是棵龐大的「巨無霸」，但在我時刻全方位的關注照拂下，可以說舉凡是它的花、果、莖、葉以及枝、幹、根、藤，全都與時並進，被我觀察得既一清二楚又細微詳盡，甚至瞭如指掌到滴水不漏的地步；更何況眼下那原是鮮綠油亮的幾根主幹，赫間變成黝黑枯條。像這等緊要大事，公然在光天化日之下豈可蒙混過關逃得過我這法眼？

誰曉得，這不看還好，待我仔細一看，差點叫我氣結。不光是看得我毛骨悚然，就連背脊都跟著發涼了起來，不一會，身體也似無法控制地發起抖來：「哎呀，不得了啦！」我嚇得驚恐叫出聲來。說時遲那時快，突覺頭皮開始發麻，緊接著面頰、頸肩一路下傳，頓時一股寒氣從腳趾一個勁直往上竄。一眨眼，周身皮膚驟然抽緊，以致渾身上下有如出疹子般，爆發出大片難忍的雞皮疙瘩。這突如其來的震撼，攪得我心慌意亂，只覺腦內空蕩無物，竟沒了主意。

過了一會心氣平順後，只得鼓起勇氣壯起膽來，再次傾身湊前仔細查看。噢！原來那些突變的黑樹幹，竟為成千上萬形似黑芝麻的小黑蟲，層層疊疊密不透風地沾附在上。近觀之下，駭然發現那些緊密重疊的小黑蟲，似有蠢蠢欲動的跡象，那蠕動亂鑽的態勢，像是隨時都有爆散流竄的兆頭。這一發現真是非同小可了，看得我真是怵目驚心惶恐極了。倘若一旦竄散開來，那豈不就像「螞蟻雄兵」電影中那多如山丘的螞蟻「化整為零」，成了億萬雄兵嗎？屆時，要來對付這多如牛毛的芝麻雄兵？一想到這兒能不叫我膽戰心驚嗎！？

就在極度恐慌未加思考下，我拔腳就沒命地直奔回屋，連想也不想就抓來罐殺蟲劑，對準了莖幹奮命連噴了十來下。當我再俯身檢視時，哪知那些小黑蟲居然個個按兵不動，還是隻隻彪悍頑強，依就故我地堅守在枝幹上，那態度之倨傲不屑，似乎正在對我示威叫陣呢：「嘿嘿！看妳能奈我何！」

顯然手中的殺蟲劑對付不了它們，那就得另謀他途了。當時氣得我咬牙切齒怒火中燒，想來想去心裡就是個不服，想著自己這麼個大活人，竟還對付不了這些若芝麻點子的小黑蟲？心中實在是沒法嚥下這口怨氣，難不成犧牲我夫婦倆大半年的心血，就此向這批芝麻點子的小黑蟲投降告饒了嗎？哼！我就不信了，心中七上八下的在打主意。這時突然注意到黑莖幹的表面有了蠕動的跡象，哇，這可是暴亂的前兆，非同小可啊！就在這心慌意亂分秒必爭的緊要關口下，當機立斷，唯有以「快刀斬亂麻」的突擊手法，才能解救出我那視為珍寶的心血結晶，即決定棄噴藥改水攻。

主意拿定後，我急忙丟下手中藥罐，轉身就抓來那洗車用的強力水槍立刻開水，卯足全勁直往那黑幹子上猛力噴去。真是說時遲那時快，頃刻間，只見水柱與枝葉在空中齊飛開來，那被水槍沖散了的殘枝破葉，似雪片般紛紛飄零散落滿院。這突如其來的意外，似晴天霹雷般嚇得我不寒而慄，頓時渾身冷汗直流。情急之下，我趕忙將水源關閉，人也當場嚇呆了。

待回過神來恍如隔世，那整個後院，就像是剛遭颶風驟雨肆虐過，滿目瘡痍慘不忍睹。我極目尋找那精心伺侯的「超級番茄」，哪還有它的蹤影啊？事實上早就被水槍沖散得片甲不留蕩然無存了。唯一映入眼簾的，僅就那座舊衣架，還搖搖欲墜勉強歪斜在地上，應算是唯一殘存的遺物了。

我真是萬萬也沒想到，就因自己的失算，竟把個原正花繁果盛的大茄樹，就在這麼一瞬間摧毀得屍骨不存，真是令我痛心疾首也實在是難以置信。眼看這片因我而造成的淒涼敗象，先是把我嚇得驚慌失措心亂如麻，接下來，怒得我咬牙切齒五味雜陳，之後自己實在是懊惱得有若萬箭鑽心後悔不已，最終五內悲痛得難以抑止，竟一發不可收拾地哀嚎痛哭了起來。

一待哭畢將悲情發泄完後，這才發現自己竟癱坐在一片污水濕地上。儘管心中還是自艾自怨後悔不已，但大錯已然鑄成，即便是再後悔也無濟於事了。當下唯有痛定思痛坦然面對才是正著。想到這兒我就試著放鬆自己。就在仰頭吸氣的剎那，洛城金色耀眼的煦陽有如一盞明燈，當場照亮了我的心扉。彈指間，一種無名的陶醉和興奮傳遍全身，整個人即有豁然開朗的感覺，心境也因之大為敞開，及時感念並頓悟出那大自然永存不變的深奧哲理來。

「喔，是了，是了，天下哪有不散的筵席！」我激動得喃喃自語了起來。心中除了知足感恩外，更是充滿了數不完也道不盡的喜悅情懷。宛如在暗無天日的地窖裡，猛然看到了一線曙光，感到極度的興奮與快慰！

雖然意識到這棵「超級番茄」已離我而去，但它卻在我的生命樂章裡留下段甜美無比的音符。也就仗著這份開朗的心情，才能將「超級番茄」歸西的原由就著晚餐時刻，一五一十據實轉告老公。好在，當他見我那副摧肝裂膽的神貌時，便也極其體恤不再追究責難了，我這才如釋重負地舒了口氣。直待餐後，我一邊喝著他精心沖泡的香濃咖啡，邊又習慣性地和他聊起咱們的「超級番茄」。

「嘿嘿！妳知道嗎？」老公突然神秘兮兮的對我欲言又止：「我呀！最近在網路上查到不少番茄的資訊，都是妳我應該知道的一些常識。」

「喔？」我放下正要啜飲的咖啡：「番茄資訊？我們『超級番茄』的資訊？呵呵，其實啊，連『老農』鮑伯都感到自嘆弗如，還大驚小怪的，不知……」我話還沒問完，就被他打斷。

「從網路資料和我研究的結果，要是想種出跟我們一樣的『超級番茄』，其實也並不是件難事！只要把握到『天時、地利、人和』三項植物的基本要素，然後相互配合得當就可以了，總而言之並沒有什麼了不起的大訣竅。」

經他這一說倒引出我的興趣來了，他見我聽得起勁，就言之鑿鑿地繼續道：「從『菜圃須知』上就可以得知，種番茄啊，除了需要按時殺蟲、除草、施肥及半天的日照外，同時還要特別注重它根部的溫、濕度，也就是不能太冷也不能泡在水裡。若是太冷，根部就會受凍而死，若是根被水泡過久，就會腐爛壞死。所以要想種出棵好番茄，不但要氣溫適當，而且還要注意到它的排水問題。」

「但是今年是『聖嬰』天啊，又冷又多雨的？」我瞪眼連忙打岔開問。

老公聽後得意地笑道：「哈哈，被妳問到癥結了！老實說『聖嬰』季的陰濕、寒冷以及豪雨不斷，絕對是番茄的『頭號剋星』。因為『聖嬰』帶來的超低溫度會把茄根凍死，那不斷的豪雨當然也會把根泡爛……」聽到這兒，真把我弄糊塗了，頗有有二丈金剛摸不著頭腦之感。

「但是我們家的……」話還沒問完，就被他搶先打趣道：「哈哈！我們家的『巨無霸番茄』是妳不按牌理出牌歪打正著。」一聽他說「歪打正著」，我又趕緊打岔問他：「呵，經你這麼一說，倒讓我想起來了，那鄰居『老農』也曾對我這麼說過，還說什麼：『嗯，都讓妳給碰上了，就等於是把番茄種到暖房中一樣……』當時他丟下這句就走了，我到現在還百思不解呢！」

老公聽後，先是遲疑的頓了一下，然後他啜了口咖啡就笑開了：「呵呵！我說呀，妳呢，其實妳最先是存心不良，刻意把我送的『情人節禮物』種在後院那個『堆肥』頂上。這在『聖嬰』季裡，剛好就等於為小茄苗營造了個『天時、地利』的好環境，就跟造了間『暖房』一樣有異曲同工之效，這就是為什麼鮑伯說妳『歪打正著』的原因了。」

他見我還是一頭霧水，一幅摸不著邊的樣兒，又繼續耐心解說道：「妳想想看嘛，小茄苗種在『堆肥』頂上，不但能就地攝取垃圾堆裡的豐沛肥料，同時也因『聖嬰』帶來的大量雨水，一來可做灌溉生長的要件，二來又可調整根部的溫度，即便垃圾腐化產生的高溫也不會灼傷根部的，反而還能緩和因『聖嬰』引來的寒流，使茄根不會受凍壞死。更何況那多出來的雨水，也會順著『堆肥』居高的地勢一路往下流去，這樣一來小苗就不會遭到積水，也就能逃過爛根致死的劫數了！」聽到這兒我猛然醒悟，趕忙一面隨聲唱和，一面也不忘自我吹捧一番。

「喔！對了對了，巧就巧在事先種在不當的『堆肥』頂上，之後又湊巧碰上了原是它尅星的『聖嬰』天氣。哈哈！原本是兩個『有害』的情況，但在我把『兩害』一湊齊後，居然能把原是『有害』的條件反轉一變，成了『有利』生長的環境了，呵，那不是就應了『負負得正』的原理了嗎？嘿！我可真神啦。」

「哈哈！妳呀妳，妳這招真是『歪打正著』的妙招啊！居然可以不費吹灰之力，就取得務農三要素中的前兩項了，正好為我們的小番茄苗營造出個有利生長的『暖房』效應。」調侃到這兒，他嘎然住口，然後一本正經繼續道：「哈哈！妳的確是很神呢。」他用眼睨了我一下。

「可妳別忘了三要素中『天時、地利』的兩項條件！妳的確是『歪打正著』的做到了。而餘下最後的另一要件『人和』，就得靠人力來維護了。在我認為，能培育出這棵『巨無霸』的番茄，除了有我倆盡心費力的照料外，我那漏夜改建成的超大巨型瓜架，不也跟妳一樣『歪打正著』立了大功嗎？那才是真正培育出『超級番茄』的主要關鍵呢！」

「誒！你說超大號的巨瓜架？『歪打正著』？呵呵，那跟培育出『超級番茄』有什麼關聯呢？」

這時他又瞄了我一眼，喝了口咖啡接著回道：「哈哈！這妳就不懂了，妳要知道喔，就是因為我們有個寬敞牢固的大瓜架，一方面可提供枝葉有更多的空間，能使番茄獲得足夠的陽光有利生長，另方面呢，這堅固的大瓜架，不僅可撐起番茄本身龐大的體重，並且還能承擔得起它日後結果子時暴增的重量。否則，即便是光有植物生長的三要素，若是沒能配合上我那座牢固龐大的撐瓜架子，嘿，就又怎麼能承擔得起這近四百個的大番茄啊？」聽完他這番詳盡的解說後，兩人都靜默了下來，似乎各自都沉醉在那一幕幕豐收的喜悅中，也就在那剎間，所有種植番茄點點滴滴的往事，又都歷歷如繪地全浮現到眼前。

「喔！對了，對了！我突然想到一個問題要問你了。直到現在我還是想不通，那棵病懨懨的小茄苗，居然能在既缺陽光又沒水的旮旯窩裡，竟在這麼惡劣的環境下，呵，不僅沒把它枯死，反倒是抽枝展葉的，活得可是好的呢？」

老公聽後馬上眼睛一亮，神采飛揚地笑道：「老實說啊，那也得拜『聖嬰』的恩賜了。妳那時可真是居心不良啊！想斷光斷水促它早日夭折，好在那時幸虧有『聖嬰』的大量雨水及潮濕的氣候，能提供小茄苗所需的水份；再又廚房裡的日光燈，也給幼苗充分的日照。總而言之啊！我們這棵小番茄在妳這麼一陣的胡搞亂整下，哈哈！居然就『無心插柳柳成蔭』了，種出棵讓人跌破眼鏡的『超級大番茄』來！妳這『歪打正著』的本事，還真叫人拍案叫絕哩，可真不賴喲！」聽完他這番精闢詳盡的一席話後，頓時讓我茅塞大開。呵，還真想不到呢，我家老爺居然還有這般破題解謎的能耐啊！不只令我恍然大悟，同時也開始要對他刮目相看了。

事實上，若從心路歷程上來看，能夠培育出這棵空前絕後的「超級番茄」，的確是件令人匪夷所思的意外驚喜啊。這樁始料未及的成就，不禁使我深切的領悟到：「人生多磨難」，即便是小小的一棵植物也是同樣道理，與此同時也讓我親眼見證到：一棵毫不起眼、贏弱渺小的幼苗秧子，竟也能有如此輝煌成就的一天！真是「人不可貌相，海水不可斗量」這些都是亙古不變的真理啊，更何況我們還是萬物之靈的人類呢！

老公這份意外的「情人節禮物」，不但帶給了我難以忘懷的甜美回憶，同時也滿足了我引以為榮的莊稼成就，使我在平淡無奇的生涯中，有了既豐盛而又更驚艷的不凡體驗。

外子他意外的贈予，令我深切體念到這份「情人節禮物」，它雖是件免費贈品，但在我心靈深處，卻是份終生難忘的無價珍寶！

超市快手

魔術雞

和許多大城市一樣，洛杉磯的露天自由市場不多，居民們平日購買菜米油鹽等生活必需品大都依靠附近的超市。自從七〇年初來美之後，尤其是當我結婚成家以及有了孩子後，逛超市就成了我這個為人妻母的至要任務了。

作為一個有著眾多來自不同國家、不同膚色居民組成的國際性大都市，因此洛杉磯的超市在不同的宅區產生不同類型的超級市場。個中有美國白人、墨裔及韓裔開設的，自然也有我們華人所開設的超級市場。至於在營業規模上，也可分為超大型、大型以及中小型不同類型等的市場。當時我是住在華人較少的白人地區，日常購物也就多在住家不遠處的大型超市裡。但這並不是絕對的。為了方便起見，有時我也會在開車順路時到那些物美價廉的中小型超市去逛逛。例如有家叫「Boy's Market」的超市就是我經常光顧之處。其實這個超市內部的裝潢及設備，較一般的超市顯然是簡陋得多，而且其出售的食品、果蔬等大都是未經過精選而直接擺於貨架上的，因此它的品質與那些大型超市相比起來，當然是遜色不少。其實我之所以選中這家超市，首先是因為其商品的價格便宜，另外也與該超市位處我下班回家的必經之地這一點有著直接的關係。

在一個夏季的某日，那天我因有事提前下班，途經這家超市時，便習慣性地停車走了進去。當時是中午，超市裡的顧客並不多，看上去顯得有些空蕩。我先為四歲的女兒選購了幾盒日飲養汁及一罐牛奶，之後又拿了盒豆腐準備回家做個麻婆豆腐當晚餐。而麻婆豆腐自然是離不開碎豬肉做佐料的，於是就快步向不遠處的肉類專賣區走去。近十尺長的冷凍櫃裡，擺滿了各式各樣的肉類品種。正當我在貨品架前徜徉瀏覽時，無意中看見幾個顧客在離我幾步之遙的地方擠攏在一起，憑經驗我意識到這些人一定是在選購某種打折商品，於是我也不假思索趕了過去，再探頭一看，原來是整隻全雞的大促銷，一個大號塑膠袋裡裝有三隻全雞，價格卻只需五塊錢！一般來講，打折商品對女性總會產生一種難以抗拒的吸引力，何況眼前的這三隻全雞的價格實在是便宜得讓人不敢相信。想想看，在別的超市，一隻全雞的價格總在三塊錢以上，三隻雞差不多就得十塊錢了。說實在的，如此的打折幅度我以前還真沒有遇見過，於是便急不可待地衝上前去，抓起了一袋連看也不看就放到購物車裡去了。

回到家裡，看著袋裡的那三隻全雞，心情猶如孩童在聖誕節得到一個意外的禮物那般樂不可支。於是我決定改變當日的配餐計劃，改麻婆豆腐為女兒愛吃的醬油燒雞。主意既定，當下就按步就班操持了起來。我先燒起油鍋，然後依次放上蔥薑爆味，接下來把清洗好的整雞輕放到鍋中碾轉過油。待這些程序完成之後，接下來就按序注入料酒、醬油，再加上適量的開水，以猛火燒沸後再改以小火慢慢悶煮。買雞雖然省了不少錢，但這項烹調的功力卻是不可省的。在上述整個過程中，我的確是做到一絲不苟、精益求精的審慎態度。看看掛鐘，半個小時過去了，按經驗應該是到了增水及測試生熟度的時候了。我信心十足地將鍋蓋揭開，但立時就被鍋裡的景象瞪傻了眼，或者說我有些不敢相信自已的眼睛！只見鍋裡的那隻全雞，居然出奇地抽縮得小了一大圈！這還不算，當我拿起竹筷試著插入雞胸試測熟度時，卻發現那只足足煮了半個多小時的整雞，竟然堅硬得像個鐵團，任我怎麼使勁也插不進去。我以前也曾做過幾次這樣的醬油燒雞的，卻從未遇到過這種情況。滿心疑惑的我，心想可能是料酒放少了吧，於是趕忙又加了半碗倒進鍋裡，再蓋上鍋蓋繼續又悶燒了片刻功夫，當我再次揭開鍋蓋時，居然發現鍋裡的那只雞像是變魔術似地又再縮了一圈，體形比在下鍋前赫然縮小了一半！這時心中發急的我也顧不得那麼多了，最重要的是，要把它煮熟能吃才是正事，於是我如法再拿起筷子朝雞胸部插了插，不想還是如銅牆鐵壁般，任你怎麼戳也戳不進。只見鍋裡那只在烹調中已經變成醬紫色的濃縮雞，只管懶洋洋地躺在那兒，不僅如此，它還擺出一幅堅不可摧的架式來，彷彿有意向我挑戰，又似乎在刻意地嘲笑我的無能。於情急之下，我又想到這也許是跟悶燒的時間不夠有關吧，於是我又不加思索，朝鍋裡再次添進兩大碗水。又是十幾分鐘過去了，待我再次揭開鍋蓋時，一幅更加令人吃驚的情況出現了——原本那只碩大的肉雞已經縮成了一個顏色臘黃、質地如塑、比巴掌大不了多少的玩具雞了！

咳，這真是活見鬼了！怎麼可能出現這種情況來呢？我呆呆地站在那兒，望著這只變幻無常的「魔術雞」真是百思不得其解。然後接下來，我就像賭氣似的，一遍遍地添水用旺火燒煮，燒到最後，算來差不多整整悶煮了有兩個半小時了。如若是一般的雞只怕早已連骨頭都燒爛煮散了，可這只「魔術雞」彷彿真的和我較起了勁兒來，它是越煮越硬不說，還越煮越縮，以致到頭來我不得不在它面前甘拜下風。此時，懊喪至極的我反倒清醒了過來，恍然意識到之所以出現這種怪異現象，定是這只雞的品質出現了問題。我當即懷著一腔怨氣，快速從冰箱內取出另外兩只雞，立馬就駕車直朝那家超市風馳電掣般地駛去，要找超市經理去理論討個公道。在美國就是有這點好處，任何買回的貨品，若不如意，只須將相關收據連同購物一併送回，就可立刻獲得退款，或是另換等值的其他物品。

一進入超市，我帶著質問的口吻向售貨員說明來由。接下來只見對方抓起身邊的播音器呼叫經理。很快，一位中年白人男士匆匆出現在我的面前。

「妳好，我是超市的經理比爾，我能為妳服務嗎？」那位比爾經理面帶微笑地看著我說。他此刻說話的語氣，以及他臉上微笑的表情，都給人一種寬然釋懷的溫馨感覺我不等他把話說完，就迫不及待地將手中提著的購物袋遞了過去。

「比爾先生請你看看，這袋子裡的兩隻雞是我今天中午才在你們這兒買的。當然，準確地說應該是三隻，只不過另外的一隻，現在還在我家廚房的鍋子裡。你知道那隻雞我已經整整燒煮了快三個鐘頭，可最後呢，竟然煮成了一塊鐵疙瘩。你說，這究竟是怎麼回事啊？」那位經理先生邊認真地聽著我的訴說，邊不時地朝我點著頭。最後，他微笑著對我說：「妳的問題我想我已經清楚了。首先，我很理解你此刻的心情。嗯……該怎麼向你解釋呢？」他偏過頭，像是在沉思。這時不遠處有一個青年婦女牽著一個看上去約四、五歲的小女孩朝我們這邊走了過來。這時經理眼睛突然一亮，抬起手就指了指那個小女孩。

「妳看到了嗎？女士，那小女孩？她……嗯，怎麼說呢？她身上的肉自然是屬於嫩肉，不是嗎？咳咳！而我這個老貨則恰恰相反，我身上的肉應該算是老肉。妳懂我的意思嗎？」說到這兒，這位白人經理竟然風趣地朝我眨了眨眼，又繼續說：「妳看，妳中午在我們這兒買的那三隻雞就像是我，肉應該是老的，就像是老母雞的肉一樣。而老母雞的肉，就只能用來做湯的，就好比我這樣的老東西，肉當然是再怎麼燒也燒不爛的，好了，妳清楚了嗎？呵呵，而現在妳想做的紅燒雞，要做紅燒雞那就只能用嫩的肉雞，絕對不可以用老母雞來紅燒，就像剛才那個小女孩一樣，想做紅燒雞，就得要嫩雞，只有用嫩雞，那燒煮出來的肉才會鮮嫩綿柔而且還會入口即化的。請記住，要紅燒就絕對不能用老母雞來紅燒的唷！」

洋經理可能是覺察出他剛才的這個比喻有些不倫不類，旋即就暗自輕聲地「啊」了一下，一邊又趕忙以手捂住了嘴巴，帶著自嘲的口吻對我說：「嘿嘿！我想我剛才的這個比喻可能有點不太恰當呢，嗯，就請妳不要介意喔。嘿嘿！我只是為了讓妳能明白我的意思罷了。那麼，咱們就言歸正傳吧，現在我請問女士，妳的願望是什麼呢？我的意思是，妳打算要在超市裡換個別種品牌的雞呢？還是……不過如果妳還是想做紅燒雞的話，那自然得選擇嫩雞囉，或是妳想要退款啊？」

我猶豫了一下，然後向經理說明我打算退款。之所以猶豫，是因為我出門時走得很匆忙，只帶了冰箱裡的那兩隻雞，竟然忘了鍋裡還躺著一隻「魔術雞」。

經理顯然看出了我的為難之色，旋即微笑著對我說：「我親愛的女士，關於這件事情妳就不必擔心了，我們會尊重妳的願望的。至於妳家鍋裡的那只雞，就當是我們店裡贈送的，ＯＫ？」

接下來經理吩咐超市會計退給我買雞的那五塊錢，然後他又問我，還有沒有別的事情需要他幫忙的，詢問過後又說了一些「晚安」、「祝妳好運」、「希望妳再次光臨本店」之類的客套話語，他態度是既親切又熱情，在一陣的安撫寒暄後，最終他才急匆匆地大步朝辦公室走去。

水晶豆腐

從超市裡出來，看看時候已經不早了，我立刻馬不停蹄地驅車趕去托兒所接女兒。從車窗向外望去，洛杉磯西下的艷陽，就跟往常一樣，把個遼闊的天空眩染得一片萬紫千紅，待接回女兒趕到家時，已是萬家燈火該吃晚飯的時刻了。

剛一到家，女兒就嚷著肚子餓了，再說我家老公也快要下班回來了，於是我丟下皮包趕緊奔到廚房，順手便從冰櫃裡掏出中午才買回的豬肉末，準備依原計劃做盤麻婆豆腐，以取代那隻耗費了我半天時間的「魔術雞」。於是我先將還賴在鍋裡的那隻變了形狀的「魔術雞」，塞入塑膠袋後即刻丟進了垃圾桶裡，然後打算將鍋裡那些已熬成醬紫色的濃汁徹底清理乾淨。眼看著那些晶亮呈現紫紅色的醬汁，我禁不住用小勺撈出一點在嘴邊試嚐了一下，呵，味道竟出奇地鮮美！於是當下就決定物盡其用，把這些費了我不少功夫才熬製出來的雞濃汁當作烹製麻婆豆腐的佐料吧。唉，這也算是歪打正著，「陪了母雞不折湯」的補救辦法吧。

我淘好米倒入電鍋蒸煮著，然後開始操持起晚餐的主題——麻婆豆腐。照例是一連串的起油鍋、爆蔥薑等的一套製作程序，之後再倒入先熬的雞濃汁，並將拌好的豬肉末，用猛火爆炒。接下來就該進入最重要的關鍵步驟——烹製豆腐了。當我急匆匆地從冰箱裡將那盒與「魔術雞」一起買回來的豆腐取出來後，奇怪的事情竟然又再次發生了。那包裝盒裡的豆腐，並不是我熟悉的乳白色，而是一種看似水晶般無色的透明物體！趕緊取來還沒來得及湊到我鼻邊，就聞到一股淡淡的魚腥味。之後我用手指小心翼翼地朝那個透明物上戳了一下，感覺粘稠如膠。咦？今天這是怎麼啦有鬼啊？剛剛才遭遇到那隻把我搞得狼狽不堪的「魔術雞」，這會兒又再鬧出了這麼一個不明就理的「水晶豆腐」來！

不過這次我倒是沒有返回超市的打算，其實並不是不想，而是一方面考慮到天色已晚不便外出，另方面也顧及到老公正在趕路回家吃晚飯呢，在這個節骨眼上我就更不能出門了。就在愣怔片刻後，讓我恍然大悟了起來。

原來這盒被我當做豆腐買回家來的東西，竟是當地日裔們素來最喜歡的魚醬。想來大概的情況可能是這樣：那家叫做「Boy's Market」的超市，為了方便當地消費者的購物需求，特地為包括亞裔居民在內的異族顧客，另行開闢了各族相對集中的貨品區。當時我在超市購物時，所在的那個區域正是亞裔貨區。或許是超市裡的墨裔員工因為不熟悉中、日食品的種類和特點，在擺貨時誤將日本魚醬和中國豆腐混放在一起。再加上我當時在購物時為了趕時間起見，就快手快腳憑著直覺見貨就抓，根本沒功夫去仔細察看，所以才鬧出這齣「水晶豆腐」的笑話來。

想到這兒，一時真叫我有種哭笑不得的無奈感。心裡卻並不像遇到早先被「魔術雞」愚弄時那般懊喪。呵呵，是啊，是啊，我想這可能就是多姿多彩的生活劇裡應有的音符之一吧？否則我們的人生旋律豈不是太單調、太無味了嗎？

接下來我很熟練地做出一道色、香、味俱佳的「肉末蛋脯」，其質量甚至還超出了我的預期。惹人垂涎的美味溢滿了整個房間，竟然惹得平日慣於挑食的寶貝女兒，一進到餐廳就發出一陣陣的贊美之聲。當我正在暗自得意之時，又聽見屋子外面傳來汽車引擎的聲響——哈哈，我家的老公下班回家啦。

當「肉末蛋脯」才擺上桌，便見他父女倆一前一後就像在比賽似的，衝進餐廳，一面忙著搶坐，一面異口同聲嚷著趕快開飯！這時我才意識到今晚可是不比尋常，不僅僅是在體力上，就連在時間上，也都有力不從心應付不來的感覺。

老實說，打自下午起，簡直是沒一件事是順心如意的。首先就是那隻「魔術雞」，經它這麼三番四次、不屈不饒地對我一再的挑戰鬥法，整得我筋疲力盡體力都快不支了。在這之後，竟又莫名其妙，把我那最熟悉的家鄉豆腐也陰錯陽差的抓成「水晶豆腐」回家。

整個下午就是這麼沒完沒了連續出包犯錯，費心折騰得恨不得想撒手不幹一走了之了。此刻又在他父女兩人急切催逼的情況下，哪還打得起精神並在這極短的時間裡趕出那平日的三菜一湯啊？當然就自不用說了，菜式自然會因陋就簡大打折扣了。就在這情急之下，我利用熱水壺裡的開水，很快就做出碗紫菜蛋花湯，就這麼簡簡單單的一菜一湯，便將這頓晚餐隨便湊合著打發了事。

黃金奶

雖然晚餐就此馬虎的解決了，可那精怪的小女兒卻並不買賬，馬上就吵著肚子還餓，於是我把中午與「魔術雞」同時買來的那罐牛奶倒了一杯給她，小寶貝接過之後，就見她捧起杯子張口就喝。

「呃！媽咪……好難喝喔！」突然聽到女兒驚呼，見她一面以手摀嘴，另面則皺著眉頭顯出一幅苦不堪言的表情。

「啊，妳怎麼啦？妳——」嚇得我趕忙蹲下身來，仔細端詳她那充滿痛苦的小臉蛋，與此同時，也順手搶過她盛奶的杯子，想一探究竟。

「哎喲！怎麼這麼黃啊？」看了之後，我也大聲的尖叫了起來，只見杯裡的牛奶在日光燈的照射下，竟發出似黃金般光閃油亮的色澤來，宛如握著杯金色牛奶在手中一樣，令人既惶恐又費解。再當我把杯子向左右搖晃了幾下，杯裡居然濃稠得「波瀾不興」浮動不大，顯然其品質比起一般牛奶要黏稠得多，再低頭湊鼻一嗅，呵，竟然味道不賴，還有股誘人的奶油香，因而我試著小嚐了一口。

「哎喲，天啦！好酸啊！」一股令人無法容忍的怪酸味直逼喉頭，頓時直酸得我兩眼緊閉，全身神經抽動，彈指間腦袋竟打起抖來，一時把挨在身旁的寶貝女兒嚇得哭了出來。

「啐！竟買到壞牛奶。」這時我根本來不及哄勸女兒，就自個兒忍俊不住地放聲大笑了起來。

「媽咪！妳幹嘛還笑啊？」女兒仰起淚濕的小臉，歪著頭好奇的問我。老公這時也聞聲從客廳裡跑了過來。

「誒，到底是怎麼回事啊？看妳們母女倆，一個只管笑，一個卻在哭？」老公滿臉困惑，不解的目光快速遊走在我母女倆的眉宇間。

「呵呵！媽咪今天可是迷糊到家了喔！嘿嘿，居然一天連中三元！」我只好用自我陶侃的方式來自我解嘲。於是就把當天在超市裡快手誤抓的貨品，以及與「魔術雞」奮戰，棄水晶豆腐、嚐黃金奶等的糗事，都一五一十全的和盤托出，當然更少不了那齣回找超市經理的精彩對話，全部都一句不漏轉述了一遍告知老公。

老公聽後，先是笑得前仰後合，待笑夠後就開始對我打起諢來：「呵呵，我的好太太呀！妳也真是有本事的啦！」稍停片刻但見他兩眼放光搖頭笑道：「啊哈！妳這個活寶貝啊，我看，這全世界恐怕就只有妳，才有本事做出這番有聲有色令人噴飯的大事來喔。什麼聳人聽聞的魔術雞呀、從沒聽過的水晶豆腐啦，還有在妳手中握著的什麼……什麼黃——金——奶啊？噢！好一個超市快手啊，不過妳也實在抓得太急太快了啊，哈哈，哈哈。」

隔天一早，我取出牛奶就直接先往超市駛去，我人才剛踏進「Boy's Market」的大門，竟然和昨日的那位洋經理碰了個正著，當下我連躲都來不及就聽他發話了。

「哈囉！我敬愛的小姐，妳……妳怎麼又來啦？」經理邊打招呼邊把我渾身上下全打量了一番，然後視線落在我手中的牛奶罐上。

「喔，喔！我，我……」突覺一陣心虛，弄得自己一時都語塞了起來，只好將手中奶罐遞了過去，這時經理的那對藍眼眸子，就在我臉及奶罐間不斷地來回掃盪了好幾遍，卻只是不語，似乎是在等我發話。

「呃！我今天又來，是因為昨天在你這兒買的牛奶——壞的！」我穩住了心緒，據實相告。就在這時，但見那老經理掏出眼鏡開始細讀罐上的標籤。

「呵，並沒有過期啊！」他一本正經對我宣報，在又瞪了我幾秒鐘後，見我依舊沒反應，於是就徑自揭開罐蓋喝了一口。

「嗯！很好喝啊，很新鮮啊！」邊笑著邊還不住地點頭，「呵呵！並沒有壞呀！」

「怎麼會？酸得很呢！」我聽後張起大眼很不服氣的回盯著他，並高聲反駁：「其實我都親自嚐過了，牛奶都酸成這樣了，根本就沒法喝，不是壞了那還會是什麼？」我用更激烈的詞句嚴正回嗆。剎間換成比爾經理瞪起大眼，怔怔地盯著我。

「啊，什麼？牛奶？喔喔，我親愛的小姐啊，妳是說這是罐牛奶？哈哈！哈哈！」這時比爾先生邊搖著頭邊就忍俊不住地笑出聲來了。

「呵呵，我親愛的小姐啊！這罐不是妳認為的牛奶喔，而是一罐乳酪奶（Butter Milk）乳酪奶喔！」

聽後著實令我大吃一驚，只是當他見我還是一副懵懂難解又極不服氣的模樣時，他面帶笑容地指著罐上標籤，刻意點給我看。我一邊心驚肉跳盯著他手指的標籤，一邊忙著拼讀標籤上的英文字母音「Butter Milk」。當一唸完，即感體內有股熱血直往上衝，頓時臉上滾燙得像剛被火燒了的一般，羞愧得真想馬上挖個地洞立刻鑽了下去。

當時我這些小動作似乎全都被他看在眼裡，就在這時，耳邊傳來他心平氣和的語調，不厭其煩地繼續解說：「是啊，是啊，沒錯呀！乳酪奶也就是一般我們所謂的酪乳，酪乳就是這個味兒，嘿嘿，都是有這麼一點兒的酸味的！這是它的特點，也是它跟普通牛奶最大不同的地方。嗯，因為還有奶油在內……」說到這兒，他不但加強了語氣，同時還把他那海藍色的大眼睜得比銅鈴還來得大些。然後就直勾勾地盯著我，不斷的點頭示意。那副眼神似乎是安慰又似在嘉許。

正覺不知所措時，只見洋經理拿起手中的呼叫器，很快招來服務員，並當面對她吩咐道：「快去拿罐同牌等量的鮮牛奶來，直接就交給這位美麗的女士吧！」交代完後，他又像昨天一樣，在點頭致意並搖手道別完後，便匆忙離開去打理他事了。

當我接到新換來的牛奶後，心中真是既感激又羞愧，不想就在一天之內竟連犯三錯，誤抓了魔術雞、水晶豆腐外，再加上那黃澄澄的金牛奶。唉！就連自己想起來也都愧疚得無地自容了！

事後我自己深切反省，的確也找出了癥結所在，不管是不是因心慌意亂還是好急成性所致，但無論如何這罪魁禍首，毋庸置疑全緣自我這雙「超市快手」！

雲霄飛車

記得在十年前國殤日的那個週末，當時，我正在洗衣間裡忙著卸解剛旅罷歸來的行李，忽然看到外子神色張惶、似旋風般地從臥室裡衝了出來，直奔到我跟前。

「沃夫死了！」他震耳欲聾令人毛骨悚然的吼聲，再配上那一臉嚇人恐怖的表情，驚得我措手不及，趕忙丟下手中衣物追問道：「什麼？你說……沃夫……死了？是哪個沃夫？」

我邊急著想馬上問個清楚，另邊心中卻不禁猜著：該不會是我們的大帥哥沃夫紐曼吧？

「你說說，那還會有誰啊！」他咬牙切齒地繼續道：「當然就是那個玩世不恭、死不聽勸的沃夫紐曼了唄！還會有哪個啊？」

他那斬釘截鐵的斷語，剎那間，就像是迅雷轟頂般，擊得我腦內一陣麻痹，整個人當場就愣呆了。待回過神時，只見外子黯然傷神地癱坐在沙發上。

沃夫及外子兩人同是來自柏林的德籍同鄉，不巧又在這個異邦相遇，兩人後來在商場上成為相輔相成的事業夥伴。由沃夫將外子生產的零件加工組合，裝配成一部完整的印刷機再出售。在通力合作下，不到三十歲就各自設廠當起老板來了。

他倆不僅在商場上是合作無間的好搭檔，就是在私底下，也成了不分彼此、親如手足的莫逆之交。只是當沃夫不聽忠告，執意迎娶伊玲為妻後，彷彿就在他哥兒倆間豎起了一堵柏林圍牆般，兩人除了在生意上有必要商討外，其他往常一些綿密的互動，似乎就於一夜之間戛然終止了。

歐洲美男　嶄露頭角

我還記得第一次見到沃夫紐曼時，當下，就被他那修長挺拔的傲人身材、出類拔萃的氣質，以及一副典型金髮碧眼歐洲美男的儀表，留下極為深刻的印象。事實上，單以他俊美的外貌，即使就和現今好萊塢影壇紅透半天的帥哥明星們，如大眾情人喬治庫隆尼（George Clooney）或是性感偶像布萊德彼特（Brad Pitt）等人相較之下，也毫不遜色！因此，只要是見過他的人，都會對他產生出一種說不出來而又無法自拔的的好感來！這也是他日後平步青雲創業成功的主要原因之一，不過這些都是後話。

然而「天有不測風雲，人有旦夕禍福」，誰也沒料到惡運竟會毫無警訊地落在正值壯年的沃夫紐曼身上！他不期的猝逝，立刻在此地印刷界掀起了軒然大波！尤其是他如謎般極不尋常的葬禮，更是讓人們無法忘懷。即便是多年後的今天，有關他的驟逝，還是議論紛紜傳聞不斷，成為同行間茶餘飯後最熱門的話題。

沃夫紐曼之所以常常為人樂道，他除了儀容過人之外，他還是位頂尖的機器發明家。在他剛進入印刷界不久，即能在同行間嶄露頭角，很快地脫穎而出。凡是經他設計而造出來的印刷機，不僅是品質優良，外觀搶眼，並且還操作簡單又經久耐用，除此以外，據說，他生產的印刷機，可以在完全不需維護及保養下，可以不分晝夜地連續運轉二十五年，還能跟全新的機器一樣絲毫無損，而且運作如常！

他這史無前例的絕佳產品，即博得了客戶們一致的讚賞與好評，不但叫人嘖嘖稱奇，更是令人嘆為觀止！這項不同凡響的傲人成果，在當時的印刷界幾乎是所向無敵，沒人能與他相比。於是，沃夫紐曼這位印刷界的後起之秀，很快地被推崇為此區印刷界的奇葩，並獲得「印刷機達人」的雅號。不消多時，他的印刷機，就成了各地廠商爭相訂購的首選，客戶蜂擁而至，向他採購的訂單更是源源不絕。

由於向他爭訂的廠商實在是過多，在僧多粥少生產不及的狀況下，再加上個個買家都本著「搶頭香」的心態欲爭取獨家頭門生意，以達到經商取勝的第一步；於是，商家們都千方百計各顯神通。有些膽敢冒險的訂戶們，竟然不顧商業常規，大膽地在既不訂採購條約又免去察視貨品的情況下，僅憑口頭的承諾，就預付押金，訂下那價值不斐的機器來！更離譜的是，甚至有客戶為了訂速件，居然大膽到在訂貨當時，就鋌而走險地將上萬元的巨款一次全數付清！像這般絕無僅有的交易方式，真是令人難以置信！就因他精良的產品，再加上碰到美國八〇年代經濟復甦的超強商機，不需多時，這位白手起家的新移民，便從一個默默無聞的國外窮小子，眨眼間，變成了日進斗金、新興崛起的年輕企業家了。

錯結孽緣　揮金如土

不知是天妒英才還是鬼迷心竅，他這位叫人羨慕的新富豪，竟娶了位與他自己完全兩極的德籍同鄉。當時，沃夫身邊的一幫好友，都不看好這樁南轅北轍、極不登對的速配姻緣，大夥兒們也都曾盡力地好言相勸，且適時地提出了不少反對的意見，但他心意已決完全聽不進去。友人們除了對他這件婚事百思不解外，也只能在私下為他的誤擇暗自嘆息罷了！

他的新婚妻子伊玲，本是他的舊識同鄉，奇蹟般地在千里之外的他鄉異國巧遇重逢，他倆在「他鄉遇故知」的驚喜下，雙方更珍惜「有緣千里來相會」的緣分。雖然彼此之間早有極大的差異，但看在這雙重的巧緣上，便促使他倆摒棄一切顧慮，在匆促又草率之下，一拍即合地結下了這段不被看好的姻緣。

一俟婚後，伊玲，這位往日在貧困中打滾的農家女，便有如乘坐雲霄飛車般，快速搖身一變，成了一位手頭多金的新貴婦，頃刻間，擺脫了多年悲慘淒涼的窘境，一步登天地進入了富人的行列裡，其際遇，堪稱二十一世紀的灰姑娘。這伊玲不知是為了彌補過去因窮困而吃盡的苦頭，還是為了紓解她往年因自卑而積壓的心病，導致她對金錢產生了一種超乎尋常的反感來，就因她這股子莫名的厭惡感，使得她一反德裔特有的勤儉民風，頹廢墮落地成了只知吃喝玩樂、揮金如土的闊太太。

此後，她就仗著自己丈夫源源不斷的財富，瘋狂地拋金灑錢，恣意地購珠寶、買鑽石、添行頭、訂服飾……除此之外，開名車、乘遊艇、置華屋、造泳池……也都是以豪華、流行、頂級作為她主要的選購標準。即使是她平日所使用的一般家常用品，也必須是超級頂尖與眾不同、而又完美無缺的極品才行，絕對不容許有任何丁點的偏差或瑕疵！她採購貨品的種類之多，以及刻意挑選花式之眾，都讓人有指不勝屈、繁不及舉之嘆。

當伊玲成了位闊太太後，她除了購物上揮金如土極盡豪華奢侈之能事外，居然還不甘寂寞，經年累月馬不停蹄地去趕觀光、搭郵輪、訪親戚、拜友人……所有組團出遊的尋寶團、發財團、血拚團、美食團等等，全都報名參加絕不缺席。因此不論是天涯海角，只要是名勝古蹟或是有名有址的旅遊聖地，全都留下她的芳蹤。那時正流行分時度假屋（Time Share），她這女財主，竟也東施效顰地要起了大款來，跟著那些有錢的大亨們，在各地有名的風景區，花大錢買來了一些就連她自己也都弄不清的高價房產。不需多久，她在世界各處購置的度假屋，有若遍地開花般地處處皆是。只是她連作夢也沒想到這過多的居所，不但沒能帶給她一些好處，實際上，因為她家人少屋多無法有效地按期進住每處居所，反而弄巧成拙地變得窮於應付，害得家人個個分身乏術，疲於奔命！當然，每年為此所糟蹋浪費的錢財，也就難以估計了！

況且在她每次旅罷歸來後，不是硬拖著丈夫去花天酒地、尋歡作樂外，就是經常在家大張旗鼓地呼朋喚友縱情狂歡，以便能維持她那日以繼夜不計其數的大小宴酌。彷彿這種靡爛奢華紙醉金迷的日子，就是她生命的全部了。而她對日常正規的居家生活及為人妻母的婦道本職，則是徹底地一概不理了。

像她這樣不事生產，終日只顧忙著吃喝玩樂、盡情物質享受的女人，哪會有什麼精力跟時間來照管生意、善盡婦職呢？其實伊玲她這般如火如荼，任意撒鈔散財的心理，並不是什麼特別複雜的因素，說穿了，也不過就是自卑感作祟罷了。她那自小就埋下的自慚形穢的不良心病，種下她的虛榮心態，她想在所有的親友前，炫耀她豐厚的家產及她貴婦的形象。只是她這般驕縱奢侈紙醉金迷的糜爛生活，更加速了她那早日陷入絕境自食惡果的悲慘下場。以她這般窮奢極侈，毫無顧忌去散財、撒錢，即使有金山銀山般的財富，也必然會有用盡、敗完的一天，更何況沃夫紐曼只不過還是個登臺不久、根基還不穩的新科暴發戶哩！

由盛轉衰　好言相勸

俗語說得好：「人無千日好，花無百日紅。」沃夫紐曼的生意，恰恰應證了這句古諺。就在伊玲不知節制漫無天日狂花亂買下，連帶地影響到沃夫紐曼那原本鼎盛興旺的生意，很快地，公司業績就開始直往下滑，緊跟著，就引發出一連串周轉不靈的問題來。不久，連最基本的商業運作，如應付的貨款、工資的發放、購料的貸款……等等，也都跟著左支右絀，沃夫的公司已到了狀況百出的地步了！

當沃夫三天兩頭火急亡命地跑來賒原料、調頭寸時，我們馬上就警覺到他的生意肯定是出了問題。往年他也會時不時找我們調三、五萬元的頭寸，不過總會按時如數地償還毫不拖欠，但在他公司出事後，他所積欠的賒帳已達到賒款的極限了，而他不僅是隻字不提，反倒是欲言又止，那態度曖昧得似乎還想要趁機再借上個幾萬呢！

記得那天，我有事要找外子，剛好他也來談生意，兩人就在走廊上不期相遇。當時只見他西服筆挺，身著灰色的三件頭義大利名牌Armani，左手提著法國名牌Louis Vuitton公事包，右手上則握著個似電話筒般的小玩意兒緊貼在耳邊，自說自話地講個不停。他一看到我走來，就趕忙放下那手中的玩意兒，笑容可掬地向我打招呼。

「咦？你手上握著的是什玩意啊？」我忍不住笑著開口問道。「這是手機呀！」他得意洋洋地順手遞了過來：「這是現在最先進的通訊器材『無線手提電話機』。」我接過這手機正細觀看，這在當時的八〇年初期應算是新玩意，後又聽他道：「你看！這新玩意倒是挺方便的，比起『呼叫器』來，真是好用多了！」我握著這新發明的玩意兒，不禁邊看邊想：「呵呵，目前能有個『呼叫器』，已經算是很先進時髦的了，現在竟又弄了個比誰都更酷、更頂尖還又特別突顯地位的新玩意？」當時我還沒來得及推敲想完，就已併肩地進到外子的辦公室裡。

外子一見我倆進門，便停下手邊正審的公文，他一邊點頭向沃夫打招呼，另一邊伸了個懶腰，順勢把雙手繞到頸後，上身仰靠在黑色大皮椅上。也不等沃夫開口，便自顧自不疾不徐地對他道：

「唉，沃夫啊，我說，咱們倆多年來都像兄弟般胼手胝足地在一塊兒打拚奮鬥……」外子邊說邊刻意地瞄了我一眼。

「就像她常常提醒我的一句中國話，『不經一番寒澈骨，焉得梅花撲鼻香』，這句話的意思就是說，要能挺得住一切，才會有最後豐碩的成果。你不能只因眼前一點成績就自得意滿地盡情去揮霍，你還得要顧到將來呀！」

他又把視線轉向沃夫，更語重心長道：「你自己回頭想想看吧！像咱倆這樣白手起家的新移民，今天我倆能在美國爭取到這等地位，可不是一件容易的事呀！你說說看吧，難道我們不該好好珍惜嗎？其實，我早就想勸你們夫妻倆，要好好節制才行，你不能就這樣放任著伊玲去揮霍……」

外子當面就把他多日鬱積在心中的隱憂，一口氣吐出了出來。

當沃夫聽完外子這些話後，只見那原是笑容滿面的超級帥哥，此刻像是遭到五雷轟頂般，先是錯愕地一愣，然後剛才他那還掛在臉上的得意笑容，就像閃電般一下子便收回去了。接著，我和外子都沒想到，這頗為自負的北歐俊才，馬上一反剛才的窘態，在我還沒來得及收回對他同情的眼神時，就見他又換回了那張迷人的笑臉：

「唉呀呀，我說啊，你們這對活寶也真是的，簡直太不會過日子了啦！」他眨了眨那對海藍色的大眼，振振有詞地嘲道：「我說你們倆，唉，怎麼老是這麼想不開呢？其實，我們人生在世也只不過幾個寒暑罷了！既然是生不帶來死不帶去，你倆又何苦來哉，這麼跟自己過不去呢？人生苦短既然是不爭的事實，那麼，還不如趁著現在身強體壯又手頭寬裕的大好時光，好好享受一番，否則豈不是真太對不起自己了嗎？」

外子還沒來得及回駁他那過於豁達的人生觀時，就見他一手指著我倆，打死眼地盯了過來。

「我看你們呀，嘿嘿，只知道賺錢，錢都已經賺夠了，怎麼？還是一天到晚哪裡也都不去，整天只曉得死守在辦公室裡昏天暗地瞎忙一通，有了錢還不會去花。唉……這豈不是……嗯……太傻了嗎？」

聽完他這番狂言歪語後，一時，堵得我倆片語難言。當下，我心底倒是忍不住暗笑了起來。「呵，你這個沃夫紐曼，竟大言不慚地開始數落起我倆來了！」只不過，待回頭再仔細推敲他那放蕩不羈的謬論後，不想，居然跟唐代大詩人李白的那千古名言「人生得意須盡飲，莫使金樽空對月」不謀而合。但，我總覺得沃夫紐曼的作法實在太過頭了些。

弄巧成拙　慘遭查封

不消說，當時的沃夫竟還渾然不知情況的嚴重性，他不知悔改，照樣地我行我素，揮霍如昔。果然不出數月，他公司的財務就出現了很大的破洞。但他既不知警惕地去防範，又掉以輕心地任其發展，待逼到不得已時，他就毫不考慮地想以「寅吃卯糧」的手法來搪塞應付。哪知，這種手法在剛開始時，倒也還真能打馬虎眼地蒙混過關，但在用過幾回後，反倒把那破洞越補越大，以至補出了個青黃不接難以為繼的局面來。然後又逼他不得不改用「以債養債」的劣法先避下風頭，作暫時性的權宜之計。可惜這般作法，不僅是救不了急，反把原來已苟延殘喘的生意弄得更是岌岌可危了！

誰知福無雙至，禍不單行，正為公司生意而墜入水深火熱的沃夫紐曼，又因報稅不慎，惹上了那誰也不敢冒犯的國稅局來！美國是個課稅高於一切的國家，一旦被國稅局盯上，就如同揭開了那「潘朵拉」的盒蓋，困擾與糾纏將會鋪天蓋地、排山倒海般不停不休地接踵而來。而這些糾纏不清的麻煩，似乎就此掀開了一切噩運的序幕。

當沃夫公司剛遭國稅局介入之時，一向自命不凡的他，在沒弄清情況下，還懵懂無知地去耍他那慣使的雕蟲小技。當時的他依舊信心十足自以為是，即使陷入國稅局的風暴中，他還是有恃無恐。換句話說，在這節骨眼上，他既不知改弦易轍調整公司的營運方針，又不知警惕去審慎應付那虎視眈眈的國稅局，一味地心存僥倖，打著如意算盤，以為能躲過官方追查。詎料，不消兩天的工夫，他公司簽付的所有支票，便接二連三地被銀行全數打回！直到此刻，沃夫紐曼才真正察覺到事態的嚴重性了。

原來，國稅局最有力的殺手鐧，就是以迅雷不及掩耳的手法，來扣押、查封犯者所有的銀行帳戶，使帳戶內的現金只能存入而不能提出，就如最近華裔徐泳芫的違法捐款遭到國稅局的查封一般。一瞬間，沃夫紐曼在銀行的所有戶頭，即被國稅局以一網打盡的方式，全都密密實實給查封、凍結得似鐵桶般滴水不漏！沃夫的帳戶既已遭到國稅局凍結，根本無法動用，這麼一來，公司及他私人的應付帳款，就一下子變得無錢可付了。

倘若是一般的外債貸款，也倒還可以打個商量，想個辦法來通融過關。然而，若欠繳的是該納的稅款及銀行的貸款的話，則絕對得悉數按期繳交無誤。否則，銀行及國稅局就會經由法院，將被告人的產業用低價、折扣等不擇手段的追逼作法，來強制脫售、拍賣，以收回所欠的款額！也就是市面上所稱的「法拍」了。那時，僅應付一個國稅局，就已把紐曼夫妻倆弄得焦頭爛額、昏頭轉向地不知所措了。怎知，這一刻，又無端殺出個似狼若虎般、手段更急更狠的法院來，準備以聯手方式，來向沃夫紐曼催錢、逼債了！

法拍家當　禍不單行

不久，銀行依「法拍」的狠招，把紐曼家那些所有用高價買得、也曾經享用過的遊艇、轎車、旅行車、度假屋……等高檔品，一一扣押，一早就叫工人全部堆放到前院草坪上，做拍賣準備，一時把他偌大的前院，堆得水泄不通，像極了商家為了出清存貨所辦的「停車場大拍賣」，壯觀顯眼。似乎不到半天的工夫，草坪上的所有物品，全在沃夫自己的眼皮底下煙消雲散，不但蕩然無存，更是一項不留！這驟然間的巨變，對紐曼一家人來說，猶如「南柯一夢」，真是既難相信又更難接受！

可是，這才剛遭到有生以來最重大打擊的紐曼夫婦，作夢也沒想到，他倆的命運會如此乖舛不濟！就在他倆渾渾噩噩、尚未從那「法拍」的惡夢中回復過來的當兒，偏偏又遭到了個更嚴重的新打擊！

銀行又要再次對他們的財產進行另一項的新「法拍」，而這次，恐怖的是不單要拍賣沃夫家人窩居的住宅，同時還連同那賴以養家餬口的公司廠房，也一併列入那「法拍」的名單中！一時，硬是把那還處在風頭浪尖驚魂未定的這一家子，再次快速地打入那「法拍」的深淵裡！

這事關存亡的拍賣，不可諱言，將直接危及到紐曼全家人的前途與生計，在這攸關到整家切身存亡的節骨眼上，豈能再等閑坐視，任由法院來胡為亂整、隨意宰割？前次血本無歸、驚悚嚇人的場面，都還記憶猶新地深烙在家人心中，成了紐曼家人揮之不去難以釋懷的恐怖夢魘。沃夫紐曼當然得奮不顧身來設法搶救！

沃夫從上次慘痛的經驗中得到了教訓，若想要保住自己的房產，唯一的可行之道，就是不能束手待斃，必得趁早趕在「法拍」之前，盡快地脫手出售。因此當即之務，就是趕在「法拍」之前將地產賣出，這麼一來，就可避免被法院低價拍賣而賠上老本。因此，這次他便決定全由自己親自出馬來運籌帷幄，以便能確保身家財產。哪知，他雖磨拳擦掌卯足了全力做最後的一搏，然而，卻事與願違。原來，買賣房產與買賣機器，根本是兩種極不相同的行銷手法，所謂「隔行如隔山」，完全是兩碼子事！早先興致勃勃一腔熱忱的沃夫，這下搞得他啼笑皆非、懊惱不已，只落個心有餘而力不足的無奈下場！

好在，總算沃夫還有那麼一丁點自知之明，當即，他二話不說毫不猶疑地把那兩筆產業交給了當地知名的地產商，並且一再耳提面命，強烈要求仲介商務必要趕在那「法拍」期前賣出。若是真能天從人願的話，那麼自己的一點頭款至少還可能收回來一些，不會再次血本無歸，淪為銀行拍賣下的犧牲品。

時運不濟　錦囊妙計

不料，這回沃夫紐曼的明智之舉，卻又是「人算不如天算」。原來一向火紅的房屋市場，這會兒一旦輪到他自己要賣屋時，卻偏是不早不晚地碰上了全國經濟衰退、房市疲軟不振的劣境，更糟的是，沃夫的房產又正好位處在那房市熱過頭的洛城！他家位居海邊的羅林坵市（Rolling Hills），也是南加州富人群聚、房產炒得紅火的地區之一。只要放眼望去，那街頭巷尾處處林立的賣屋招牌，比比皆是，看得人觸目驚心失魂喪膽。雖有地產商絞盡腦汁，試著把促銷花招日日翻新，房價也緊跟著數天一降，但卻毫不見效，那寥寥無幾已出售房屋的數據始終屹立不動。由此可知，當時房屋市場的衰退及待售屋的滯銷有多麼嚴重！沃夫可真是走了「屋漏偏逢連夜雨，船遲又遇頂頭風」的大霉運。

這日益疲軟的房市，沃夫紐曼看在眼裡，更急在心裡！眼看那「法拍」自宅的期限，毫不留情逐日地節節逼近，嚇得他夫婦倆心急如焚，有若熱鍋上螞蟻般不知所措，他倆意識到自身情況，已到了欲振乏力難以為續的地步了，就在走投無路處處碰壁逼入絕境的慘狀下，這才真正嚐到那「上天無路，下地無門」的悲痛滋味了！

處在這水深火熱岌岌可危的緊要關口下，六神無的主的沃夫，一下子把持不住竟亂了陣腳。沃夫兵荒馬亂臨陣亂紀的弱點，被他那位貪婪投機的地產商，趁機逮了個正著。為了謀圖私利，這位地產商想借裝修門面的促銷手法，來加快出售的機會，以便早取佣金。於是他立即乘虛而入，鼓起了三寸不爛之舌，極力進言。

沃夫處在進退兩難、房市不濟之下，不得不依勢暗自盤算起來：「景氣不佳，法拍日又節節逼近，這可恨的房價，竟然還是一路不停地直往下暴滑！我也曾三番四次地調整削價，但也不知究竟是什麼緣故，似乎再怎麼做都無濟於事？難不成，我沃夫紐曼，一個印刷界的菁英，就這般不才地被個小銀行給整垮嗎？哼！我可是不服這口氣的。」就因難嚥這口怨氣，逼得沃夫不得不煞費心力日夜苦思想尋出對策。

就在這緊迫的關頭上，正如常言道「風急雨至，人急智生」，沃夫的腦袋居然剎那間開了竅，他福至心靈地想出了個錦囊妙計。經他一番深思熟慮及精打細算後，他毫無誤差，精準算出了那早年買屋時，自己曾砸下了大筆的頭款，又因多年來房價的暴增，依他估計，不論是自售或是被「法拍」，在除去所有的開銷後，都絕對會有剩額！而唯一要緊的是必須趕在「法拍」廠房之前賣出，自己才能用那賣屋所剩的款額去補繳廠房的貸款，以解除工廠「法拍」的危機。這麼一來，不僅是保住了廠房同時也保住了那賴以營生的公司了！換句話說，只要是把握好時機，趕在廠房被「法拍」之前，就將住宅脫手賣出，那麼就可以如願以償地達到護家保產的目的，好做日後東山再起的基礎了。想到這兒，倒不如乾脆就照那地產商的建議，現在只需花個萬把塊錢，來把那木瓦換成紅色討喜的磚瓦，爭取買家，及時脫產，以保住最後養家活命的根源，這「捨小保大」的上策，當然值得一試的了！想到這兒，積壓在心的那塊巨石，這時才真正放了下來，他想，自己總算是謀出了一條生路，不禁滿心竊喜長長舒了一口氣。於是，毫不猶豫地應允了地產商的建議，即刻就去找錢，準備盡快開工以爭取時效！

當我們一聽到沃夫的這個想砸款改裝以利促銷的計畫時，就連忙把沃夫找來想當面勸阻。而事實上，沃夫他自己也正想趁這個機會，來開口借那裝修換瓦費，因此沃夫一請即到，毫不遲疑。

外子緊盯著沃夫，開門見山地問道：「聽說，你想用花錢換瓦的方式來快速售脫你的房子？」

沃夫點點頭。

外子便直截了當勸阻：「但依我的看法，在目前景氣不佳市場蕭條的情況下，不但有房市疲軟銀根緊收的危機，就連貸款也都很不容易啊！只這兩項，就足以影響到地產投資的意願及能力……」。

歇了一下，外子又道：

「就以一般的情況來說，在這種景氣不振的狀況下，價錢的多寡就是決定成交與否的關鍵。我說沃夫啊！你那地產商的促銷點子，若是單從表面上來看，想用裝點門面的手法來提高賣相，似乎是比較容易吸引到顧客，也許對促銷是有所幫助！但是實際上，你房子的成本也會因此而增加了許多，你也是知道的，價錢一高脫手就難，既然你又掏腰包加碼出錢，也就不可能再去削價做雙重虧本的傻事吧？如果你真執意要照地產商的做法，那麼，你的房子就沒有還價的空間了。你房價已經被認為是高的了，現在成本又增，且又不能還價，這麼一來，依我看，在當前房市疲軟全是買方市場的情況下，你這招整容加價的銷售手法，不但是不切實際，簡直就是變相的倒行逆施嘛！」

這時，沃夫自己也心知肚明，他那想借錢裝點門面的指望，肯定落空沒得想頭了。

在瞄了外子一眼，避開了那殷切的眼神後，沃夫就自顧地呆坐在靠牆邊的沙發上，只是緊閉金口不發一言。其實，這時的沃夫紐曼並不是不想接腔，而是正在挖空心思地為找貸款以修房瓦的事來另找點子，同時他也暗中盤算著，在賣出屋後，要如何去處理並好好去享用這筆所得的餘款。因而，他一反常態，既不插嘴也不強辯。只是坐在沙發另端的我，見他從頭到尾總也不吭一聲，也就忍不住地開口勸導：

「沃夫！現在你應該聽清楚了吧！與其為求速售而去換瓦，弄得成本增加，反而不易脫售，我倒是認為，你不如把那換瓦的萬把塊錢，用作還價促銷的籌碼！這麼一來，又可把價格再次降些，脫手也就更容易了！這種既省事又不必再掏錢的法子，豈不是更為踏實更為有效些嗎？這也是在房市不振時，一般人所採用的折中手法，當然也是一種值得去斟酌參考的方式啊！」

外子喝了口水，馬上加強語氣，再接再厲地接腔道：「這比起你那地產商，單為圖他個人的私利，竟這麼不負責地拋出這華而不實的餿主意要來得實惠得多了！另外，你上次法拍的苦頭難到還沒嚐夠啊？那些前車之鑑的教訓可不能不記取呀！你要學會避免重蹈覆轍才是啊！你自己不妨再多加考慮考慮吧！」

外子見他一直默默不語，便趁機把該勸的話，一口氣毫不保留地全盤地托了出來。這時沃夫紐曼自己也早已打好了他的如意算盤。而他對我們的苦口婆心、曉以大義的由衷勸言，全當作耳邊風不予理睬。

誤判失策　脫困妙招

幾天後，我們就聽說那剛愎自用的沃夫紐曼，使盡了千方百計，又冒著破產的危險，終於不知在哪裡貸出了那萬元現款，如願地把那原無瑕疵的木瓦，全給換上了既名貴又討喜的紅瓦片了。後來，那搶眼美觀的紅瓦，的確也兜攬到幾位買家。只是，那後加的成本，反倒抹殺了它還價的空間。果不其然，沃夫紐曼為此，平白無端地又錯失了他所有可能出售脫手的機會。折騰到最後，終究還是逃不過法拍的惡運！

不過，這也正如沃夫所料，在法拍之後，的的確確是有他企盼已久、且視為救命的四萬多元餘款。豈料，當他正欣喜若狂來到拍賣公司找到承辦小姐，要領他法拍後的所得款時，只見那小姐一抬頭，看見來者是沃大紐曼時，她馬上把雙手向左右一攤，搖頭聳肩對他道：

「國稅局已經把你的賣屋所得，全部扣押了！」

說完，她低下頭，又繼續地去看她的公文不再理他了。

這突如其來的震撼彈，轟得沃夫大腦呈空白一片！隨即眼冒金星手出冷汗，馬上，他就感到一陣寒意由腳心直往上衝，不一會，就覺出額頭上一顆顆黃豆般大的冷汗珠子，一下子全冒了出來！兀自站在桌邊的沃夫，在愣愣呆了幾分鐘後，才猛然地醒轉了過來。他壓根兒也沒法想到，這個如影隨行、天殺的國稅局，竟然硬有本事把他「法拍」的四萬多塊錢餘額，搶先分文不剩地全數依法沒收繳交國庫了！這始料未及的噩耗，把沃夫早先竊竊自喜，頗為得意的如意算盤，徹底地打了個稀爛！這下子，他真的變成了「寡婦死了兒子」，沒了指望。

沃夫這次的誤判失策，不但是喪失了居所，也殃及全家遭到池魚之災，除了迫使家人淪為無殼蝸牛外，還又雪上加霜地使自己平白多欠了筆上萬元外債！當然，那原欲保廠房的美夢，也就一併落空沒得想頭了。

沃夫這番疏忽失智，落得個「偷雞不著蝕把米，賠了夫人又折兵」的雙重損失，真氣得他七竅生煙怒不可遏！但在細想之後，又弄得自己哭笑不得難以釋懷。他這位新科富豪、印刷界的泰斗，一向自識過人，沒想到居然也會犯下這般可笑又可氣的蠢誤來！待氣稍平後，他前思後想痛定思痛，悔恨起自己沒能聽從老友忠告，才鑄成大錯！

經由這場錯估局勢的敗劇後，沃夫赫然發現，自己既無財力來安置家人長住旅社，但又拉不下臉面來去友人家分間擠居。只是，一家四口，總不能無家可歸露宿街頭，無論如何得要有個窩才行吧！否則，豈不成了街頭遊民嗎？他在一籌莫展窮思苦想下暗忖：「這美國的法律，既然是這般強悍無理、無情無義地來對付我，那麼我也就沒有這個必要的去遵守他那撈什子的法律規章了！」他越想越氣，不覺就把心一橫，冒著違法亂紀的風險，逕自將家小四口一古腦地全挪居到工廠裡落腳，開始居家度日地住了下來。

這眼下家人暫歇的工廠，不僅僅是紐曼家唯一僅存的資產，同時也是他家人暫居並營生的最後依據。但可悲的是，這獨存的最終據點，又因沃夫上兩次的誤判及失策，以至於此刻還是被列在「法拍產業」的名單之中。因而，這次廠房的拍賣便成了攸關沃夫紐曼一家老小、身家存亡的重要關鍵了。

沃夫紐曼在經過上兩次的慘敗經驗後，這回終於使他幡然醒悟，為慎重起見，在通盤衡量得失後，唯有自己親自上陣，才能夠真正有效地捍衛住自家的生計與財產。這麼一來，售屋的過程中，不只能省下可觀的佣金，甚至還可以將那省下的佣金用來充作還價的籌碼，以加速出售的機會。此外，又可伺機依當時市場的行情，來靈活調整賣價，以期能及早售出廠房，確保避開被法拍的下場，以免又全盤盡失地落到萬劫不復的田地。因此，儘管自己不諳此道，但他還是摒除萬難毅然決定，由他自己親自坐鎮全力以赴了。

不想，當時每況愈下哀鴻遍野的蕭條房市，已是壞得不能再壞了，待輪到沃夫紐曼要出手來賣他最後唯一的資產時，那一直跌跌不休的房價，此刻更是勢如破竹地一個勁地往下狂瀉不止。當時全國的地產都成了有行無市，衰退到沒人問津的慘狀，各地鱗次櫛比空置的廠房，比比皆是。雖有地產商們不斷使出各式花招，不惜用贈現金、奉回扣來招攬買家，更有甚者，還膽敢試走法律邊緣，使出渾身解數的促銷手法，然而，均不見效！房市怠滯得不論是出租、轉售甚或是賤賣廠房，也全是門可羅雀無人問津的淒涼慘狀。當時，就連願承租的房客都難以招到，就更別奢望還能尋覓到願買廠房的商家了！

眼看那法拍廠房的日子又快速地節節逼近，沃夫雖曾下過狠心，屢次不斷地降價苦撐，但乃是全不見效！此外，更糟的是，那市面上的屋價，非但不往上漲，反倒是下跌得更快更狠！嚇得沃夫天天提心吊膽，日日失魂喪魄地拚起命來瞎忙一通，他生怕這次若再稍有個不慎或閃失，弄得廠房又遭法拍賤買的話，那麼自己多年來的奮鬥豈不都立即落空、功虧一簣了嗎？也就等於自己被活活逼上了絕路！一想到這兒，就令已是焦頭爛額的沃夫心急如焚到失智喪氣的地步了！就在這走頭無路又無計可施的緊要關頭上，沃夫只好放下身段，硬著頭皮，張皇失措地來向外子求救了。

就在他哥倆一番精心切磋琢磨並權衡利弊得失後，挑出唯一可行之計，就是先由外子將廠房買下，然後再回租給沃夫，這麼一來，一方面讓他還能在原址繼續經營他的生意，家人也可以有個地方暫住，大大紓解了他當前的燃眉之急，協助他安度難關；在另一方面，我們又可趁這僅有的機會，取回他積欠了多年的賒款，這一舉數得，又讓沃夫占盡了便宜的絕佳妙計，沃夫紐曼當然是連歡喜都來不及，自然當場就拍板定案了。在那一剎那，沃夫紐曼就由屋主，搖身一變，降為自己曾擁有地產的承租人，也成了我們的新房客。

當簽完租約還不到三天，就聽說紐曼夫婦為了要調養身心，紓解多日擔驚受怕、苦坐愁城的驚恐心緒，迫不及待地加入了為期兩周的悠閑旅遊團，忙著趕赴那富人雲集的旅遊聖地——墨西哥灣的康孔半島（Can Cun），去享受它沙灘上那熙來攘往讓人流連忘返的異國風光了！當大夥們一聽到他倆這等張狂作為，都先是一陣嘩然滿頭霧水，接著是大家傻眼地笑成一團，最後紛紛嘆息難以苟同！

在他們旅罷歸來後，照理一個剛受過嚴重打擊且又險遭落入絕境的人，是應要痛改前非去邪歸正才是，但自從他倆有了多次劫後餘生的悸撼後，又對人生產生了另一番的領悟。沃夫曾自詡道：「天生我材必有用，千金散盡還復來。」效仿起我國詩仙李白他那千古名句「人生得意須盡歡，莫使金樽空對月」，那種及時享樂放蕩不羈的人生觀來。再加上他們早就過慣了歌舞昇平吃香喝辣的好日子，的確應驗了朱子家訓「由儉入奢易，由奢入儉難」的諺語。因而，以往他倆的那些劣性惡習，就在脫險無事後的不久，便又都一絲不改地畢露無遺了！此後，他夫婦倆就不時地耍些巧花招，使些新技倆，那推陳出新的手段既高妙又純熟，加上他倆彼此間的默契又配合得天衣無縫，幾乎是到了爐火純清無懈可擊的地步了！

然而令人惋惜的是才剛不過一年，就因他倆的放肆揮霍，沃夫紐曼的財務又呈周轉失靈、資金入不敷出的局面來，且又很快地再次墜入了那無以自拔難以為繼的漩渦裡。緊接著，他拖欠房租的戲碼又開始周而復始地月月上演，逼到後來，居然就連沃夫他自己也到了羞於啟口的地步。此後，沃夫就採取避不見面的方法來回避躲債，他總是有這本事能藏得不見蹤影難以尋獲。好在不久，不知是沃夫否極泰來或是時來運轉。那時，剛巧好友亞倫米勒，正想要招聘位資深機械師，外子就抓住這千載難逢的好機會，極力向亞倫推薦，最後總算皇天不負苦心人，硬是為沃夫爭取到這份薪優奉厚的絕佳美差，也為我們請走了位拖欠房租的住客。

時來運轉　一敗塗地

亞倫不獨願支付高薪僱用沃夫，而且還自願讓出他那半邊空著的廠房，除了以免租金的方式提供給沃夫，讓他自己設廠經商之外，還免費供應給他自己廠內的產品，作為沃夫廠內所需的原料。這麼一來，沃夫就能在同一個屋簷之下，得以同時兼顧到公、私雙方的業務生產，以及兩家工廠的修護和管理的工作。這對曾經大起大落又歷經滄桑的沃夫紐曼而言，他這份因禍得福的好差事，不啻是他吉星高照，幸逢貴人的最佳賞賜了！就因著他老板亞倫的幫助，等於是平白為沃夫締造了一個只賺不賠的無本生意了！

照理來說，這份天賜難得的好差事，沃夫自己該要善加利用以為自己日後東山再起的最佳機會才是，哪知，紐曼這一家子，不知是食髓知味亦或是又墜入了那「江山易改，本性難移」的惡習裡，總之，他們似乎又全忘了那前不久才剛經歷過的驚心動魄椎心泣血的痛苦教訓，一切惡習又都死灰復燃，一家人又再度開始了那如前般為所欲為花天酒地的奢華生活來。

不過，畢竟是在商言商，假若是支出去的帳多，而進入的帳少，則生意必然是難以為續的。沃夫紐曼再次享福的好日子還不滿一年，就又再一次如前般陷入了資金匱乏周轉失靈的苦海裡。即便是有友人次次鼎力相助，但到後來，就連個無本生意，也被他敗得難以為繼。後雖又故技重施，只可惜黔驢技窮，弄得四面楚歌眾叛親離，商務更因此而深陷得苟延殘喘無法自拔，拖到最後，終究是一蹶不起，逃不過他多次曾幸運躲過的幾個關卡。很快的，沃夫紐曼又走回了那窮途潦倒萬劫不復的不歸路了。

記得弗洛伊德就曾說過：「人生就像弈棋，一步失誤，全盤皆輸。」這不正是沃夫紐曼一生的寫照嗎？沃夫他第一步的失誤，就在誤娶了位離經叛道的女人，這娶錯妻的失誤，猶如在對弈的棋中，不自覺一敗塗地地誤入了死角，以致任憑外界再怎麼樣的努力搭救，也都是枉然無效，起不了丁點的作用。而他第二步的失誤，則是自我控制力不足，這恰與大文豪蕭伯納的言論「自我的控制是最強者的本能。」來得恰恰相反，沃夫紐曼自始至終是個好逸惡勞、被妻子拖下水的弱者，也注定成了物欲泛濫下典型的犧牲品。

詭異驟逝　疑雲重重

也就幾乎沒隔多久，便得沃夫紐曼猝逝家中的噩訊！這則毫無警訊突如其來的消息，除了令人難以置信外，大夥對於一向身強體壯又正值中年的沃夫，突然在他財務出現紕漏之時，竟如此湊巧地驟然辭世，總是感到些許的蹊蹺與意外！也就在這一瞬間，便傳出諸多不尋常的各種疑點，那些危言聳聽、悖動人心的各式傳聞似乎就在一夕之間紛紛出籠，有如雨後春筍般全都大剌剌地冒了出來！其間，光怪離奇撲朔迷離的詭異程度，震撼得此間印刷界有如大難臨頭般恐怖，同時也衝擊到同行間，個個都有惴惴不安、波及受害的自危感。

就在大夥還沒緩過神的當兒，伊玲就匆促地舉辦了個五、六十人的簡陋追悼會，會中大夥們赫然發現，沃夫紐曼的家屬，早就在未發訃聞之前便私下將之火化、海葬了！當下，這荒謬悖理的行徑，立刻就引爆出一片驚恐的唉嘆聲，此起彼落地充斥了全場。於是就在盡是德裔同行的與會者間，大家交頭接耳竊竊私語的打探下，驀然發現，原來大多數在坐的唁弔者，竟都是這場被唁弔往生者的債主，不是被他欠貨就是被他欠款。剎那間，這局追悼會竟儼然成了個召集逝者債主的大會串了！根據我們夫婦倆當場的估計，沃夫紐曼所欠下的金額，竟高達令人咂舌的百萬之譜！一俟追悼會完後，那些有關沃夫紐曼的蜚短流長，本來早就在街坊間鬧得繪聲繪影沸沸揚揚不可開交了，現在又似晴天霹雷般地冒出個令人費解的百萬美元大外債來？這，能不叫人心生疑竇嗎？

後據伊玲口述：「就在國喪節的那天早上，沃夫跟平常一樣坐在起居間裡，邊看電視邊喝著咖啡，等我從廚房取來早餐。當時，也真就是那麼一轉身回房的工夫！就看見他整個人已經是頭垂嘴歪地昏倒在沙發上了。在救護車趕到時，他已經不醒人事、搶救不及。他連一杯咖啡都還沒來得及喝完，就這麼走了。」

就在會後的第二天，亞倫特為沃夫紐曼驟逝的事，親自跑來與我們研討，他一見面就毫不猶豫道：

「依我一年來跟沃夫同屋共事的經驗，就從沒見他生過病或有什麼不適的！他這樣突然去世……嗯，我總覺得很是意外。」

他欲言又止：「其實，那天正是國殤日前一天的週五，廠裡工人在下午三點鐘就都收工趕回家去度長週末了。在平常的日子裡，只要是長週末，甚至是一般的週五，那個沃夫紐曼一向都是提前下班的。但是那天，他卻老待在廠裡，東摸西摸無所事事的，活似個遊魂般來來去去總也不走，很是奇怪。後來他看到我像是準備下班回家的樣子，這才趕忙地衝到我面前。」

「是呀！是呀！」外子忙打岔：「你也是個明眼的聰明人，必然也會知道這個沃夫做任何事都是有企圖有目的。」

「嗯！嗯！那是當然的了！」亞倫忙不迭地直點頭贊同，然後他慢條斯理地又開講道：「我看他，一臉無奈欲言又止的，我就知道他又準備開口借錢了。當時，他壓低了嗓門不停地搓揉著雙手支支吾吾地對我說『亞倫，嗯……我想再請你通融一下……唉……我現在連回家的汽油錢都不夠。呵！明後天，我還得外出去找房子，被房東告了！上星期已接到法院判決的驅離書……』聽到他的這些話，真把我給聽得是心驚肉跳，當場就塞了五百塊錢給他。唉！真沒想到他竟會墮落到這般窮愁潦倒的地步！」

亞倫嘆了口氣：「甚至，他在借汽油錢的時候，我看到他氣色都還是好端端的！唉，誰會想到，十多小時後竟然就……這麼走了？其實啊，他倒真是一個人才呢！就是因為我賞識他的才幹有心幫他，所以這一年來，我既沒收他分文的房租又任由他用我廠裡的材料，根本就等於是在幫他做個無本生意嘛！唉，我真是再怎麼也猜不透，他竟會欠下三百多萬的外債來？喔，我的老天！我真是搞不懂，他這些債到底都是怎麼欠出來的？還有……」

他口沫四濺接說道：「再加上他家屬，完全不按常理的舉喪！這……這不都是太引人生疑費解的事嗎？還有，還有啊，嘿嘿，不知為什麼，他還經常會無緣無故地老往國外跑？唉！真是有太多太多不尋常的……」

亞倫欲言又止。

外子趕忙接腔：「其實啊，呵呵，我原先還挺為他的早逝感到惋惜呢！只是到後來，發現他竟欠上了這麼多的外債！再加上他家人的一些怪異舉動，唉，現在我回想起來，那沃夫，生來就不是個省油的燈！他常對我說『人生要及時行樂』，我想啊，單憑他的機智，若是想去做些什麼貪贓枉法或循私苟且的事，對他這個抓尖要強精明無比的人來說，應該是輕而易舉的小事一樁了！況且他又經歷過幾次大起大落的大風暴，錢，對他來說就像是過眼煙雲，是無法、也是不可能抓牢的東西。而像他這種享樂派的人，只要是於己有利，他，哪件事是幹不出來的啊？」

亞倫聽後，連忙把頭點得像搗蒜一般，然後又忙打岔：「據我所知，聽說他最近剛收到一筆蠻大的訂金，怕不有二、三十萬呢！這樣大把的鈔票能不讓他眼紅心動嗎？就像是你剛才講的，他前幾次受夠了那些法拍查封等等的慘痛教訓，也許他認為不如趁這個千載難逢的大好機會，就來好好地發他一筆大橫財吧！反正，這個社會也是『有錢能使鬼推磨』的時代。再說，他又是個精通國際法漏洞的大專家，若他想以『人死債了』瞞神弄鬼的方法來A錢的話，以他熟稔國外的人脈，和他手法靈巧的本事，就大可來個『金蟬脫殼』避走國外的妙招，這對他來講簡直是易如反掌、萬無一失的小case了！」。

此刻，亞倫喝了一口手上的德國啤酒，又繼續道：「他只需在國內買通個小儀葬社，就像那天他老婆伊玲，為他辦的那個簡陋的小追悼會一樣，單做做樣子來唬唬外界博取個公信就行了唄！至於藏身到中南美洲的小國家，嘿嘿，那就更簡單不過了，不也就是去塞些美鈔，堵堵口，就萬事ＯＫ了嗎？」

在一旁靜聽他倆駭人聽聞的對話，直把我聽得愣呆了。這時又見亞倫喘了口氣，中氣十足加大了嗓門：「像這麼一來，這沃夫紐曼既可藉機脫債，又可輕易取得巨款消遙法外，更可大刺刺地窩居國外，去享受他那後半生高枕無憂的富人生活了！」。

說完他眨了眨那英國人特有的深藍色大眼，意猶未盡再道：「呵呵，我猜啊，他呀，還可能為這兒的家人弄到一大筆的人壽保險金呢，也趁機發筆大橫財囉！」看來似乎這個亞倫是愈說愈來勁了。

「還有啊——」他故作神祕地伸過頭來，一邊用手微搗著嘴壓低了嗓門，另一邊搖頭竊笑道：

「你們可別小看他呦！嘿嘿嘿！我只怕他在境外還會弄個什麼『金屋藏嬌』包二奶什麼的呢！」

說罷，他又直瞄向我倆極端揶揄道：「像這等一舉數得不勞而獲的高招，我想也只有像他這種絕頂聰明的人才能有這般本事。嘿，你倆想想看吧，在巨款當前那個玩世不恭過慣奢華生活的沃夫紐曼，難道就肯這麼輕易放過嗎？諒他一定是必取無疑的了，而且還會是何樂而不為呢！」

「這個亞倫米勒，實在是不愧為深思熟慮、有條不紊的英格蘭後代啊！他一開口便是這麼洋洋灑灑、振振有辭地來上這一大篇，並且還有他自己的那一套邏輯跟推理呢！」我正暗自想著，突然聽到身旁的外子這時接腔道：

「其實啊！我跟他交往也都快三十年了！這麼多年來，我倒是從沒聽說他有個什麼病痛的。我也早就看出了端倪，他這個沃夫紐曼是非同一般的。」說著他低頭感傷地嘆道：「只是真沒想到他這『超級嬰兒』竟會使出這般的奇招！」

這時在一邊正大口喝著啤酒的亞倫，也不等外子說完，馬上瞪大了他那深陷的雙眼，「『超級嬰兒』？什麼『超級嬰兒』啊？」他鼓著銅鈴大的雙目，吼聲震天地問道。

也就是在這刻，外子才不得不把自己所知道的秘密全部據實說了出來。

奇特誕辰　超級嬰兒

原來沃夫紐曼對自己的特殊身世，本來是絕口不提的一件私密。但是他為了感念外子多次的拔刀相助為他不斷地排難解困，再加上兩人又是同鄉，因此便毫不忌諱地把自己那不願為人知的秘史，一五一十地向外子和盤托出！他承認自己的確是個不折不扣的「超級嬰兒！」

事實上，「超級嬰兒」在當今二十一世紀的年代裡，人們只要一聽到這四個字時，腦海裡立刻就會聯想到「試管嬰兒」，再不就是那剛出生體型超重的「巨型胖兒」了。但這裡所謂的「超級嬰兒」，是指德國魔頭希特勒為征服世界所研發出的狠招，他想在第二次世界大戰期間，借優生學的原理來培育「超級人種」，以期德裔種族能夠在體型、容貌、智能等各方面皆獲提升，都能超群出眾高人一等，以做他日後一統世界的準備。他又篤信唯有具金髮碧眼的北歐人種，才是世上品質最優秀的人類。於是他便利用職權，做起了這荒誕不經、傷天害理並泯滅人倫的卑鄙勾當來。

沃夫紐曼正是由他親自精挑細選刻意培養出來第一批如假包換的「超級嬰兒」了！從刻意冠上「Newman」（譯為：新人類）的姓氏上來看，就不難悟出這德國魔頭的主要動機和涵意了。當一九三八年沃夫紐曼剛一出生就立刻被希特勒所指揮的御林軍、別號「蓋世太保」（Gestapo）的秘密警察，暗中護送到柏林郊區，由他親自督導的「資優孤兒院」去撫養，院內五十多名嬰兒，全是清一色金髮碧眼道地的北歐種，由個個板著晚娘面孔的十位專業護士，按軍事紀律來訓練管照他們。

只不過，希特勒的雄心壯志及欲征服全世界的野心，還不是就此打止。在沃夫紐曼出生後的幾批「超級嬰兒」們，就沒那麼幸運了。因這魔頭為了要補充當時二戰不足的兵源，居然異想天開地想以人工催生的方法，將那母體內才六個月的胎兒，以無所不用其極且令人匪夷所思的手法，活生生地將那不足月胎兒取了出來。他癡人妄想地想以「縮時增量——縮短妊娠的時間，來增添人口的數量」，以這荒誕不經的方法，來加快出生率進而增加戰士的數量，結果反是弄巧成拙，導致數百個早產的「超級嬰兒」就這麼無一倖免地全都夭折早逝了，成了獨夫一意孤行、貪婪無厭的犧牲品！

不過沃夫的運氣也好不到哪裡，就在他剛滿五歲的那一年，德軍出師不利戰事節節敗退。孤兒院在物質匱乏情勢緊迫下，為局勢所逼只得暫時關閉。沃夫就此而因禍得福，被分派到一對務農的老夫婦家裡去寄養，老農對這官方交下的小精靈，有若「大姑娘坐花轎——有生頭一遭」，完全不知所措，只能任由沃夫為所欲為地聽其自由發展。

就在這種自由放任無人教管的環境下，難免養成了他日後愛取巧使詐、放蕩不羈的各種劣習，同時也埋下了他那目無法紀、紙醉金迷，又執迷不悟的孤癖個性，導致他後來踏上了一錯再錯的不歸路，最後終於墜入了那窮途末路的窠臼裡。

謎離懸案　發人深省

當我正為沃夫惋惜時，即聽到那亞倫又以他那不慍不火意味深長的口吻道：

「那麼，若是照他不尋常的天分，以他老謀深算、瞞天過海的本事來看，再用這種先發制人、出奇制勝的手法來為自己脫身解套，我想也應該是在預料之中的事了！」。

接著他換了一口氣，極含蓄卻又斬釘截鐵道：「不過，這雖然是我個人的推測，但我相信絕大多數的同行友人，也都跟我有相同的感覺及看法！」

停了一下，亞倫將話鋒一轉，用他那意味深長的語句，終於道出了他心中蘊藏已久的疑惑。

外子聽後，不禁長長地又嘆了一口氣：「唉！一個絕頂聰明的人在識人的方面，並不見得那麼高明！沃夫紐曼就是一個好例子。坦白說，他這一生最大的失策就是娶了個他不該娶的女人！他不僅因此毀了自己，付出了極大的代價不算，同時也殃及到自己的子女！不是古語有句話：一個敗家妻，能連害三代人，娶妻怎能不慎喲！」

接著，他又很感慨地再道：「像他這麼個出類拔萃、聰穎不凡的人，也會黯然落到今天這全盤皆輸一無所有的地步，如同是『竹籃子打水一場空』，照樣也逃不過這娶錯妻的噩運啊！」

聽完他這番話後，我們三人都相對默視無語。

當時，久坐一旁的我，心中頓時感到萬分的傷感及惋惜，想到像沃夫紐曼這樣相貌不凡的頂尖人物，自己也曾親眼看見他志得意滿、飛黃騰達的「起高樓」，又看見他揮霍無度、暴殄天物的「樓塌了」，他所經過的那些起落不定顛沛流離的命運，真是有如一齣瘋狂難料、荒誕不經的鬧劇一樣，讓人實在無法思議難以琢磨。可惜，他的鼎盛時期，前後總共也只不過是短短二十多年的光景，這令我想起了一句發人深省的話：「人生最可悲的事，不是生離死別，而是對自己所擁有的，不知去珍惜！」這不也正是沃夫紐曼他傳奇生涯最貼切的寫照嗎？

半晌後，外子終於打破了沉默：「唉，多可惜啊！像沃夫紐曼這麼一個不可多得的人才卻是如此地不知珍惜，他的一生，就像是坐雲霄飛車的一般，總是大起大落又驚險刺激的。再則，他夫婦倆在居家處世上，本著『今朝有酒今朝醉！』那放蕩不羈的態度，簡直像在伴兒戲似的，以致生活常常處在驚險重重的氛圍裡。呵，榮華富貴似乎對他倆來說，視如過眼雲煙般，了無痕跡……也就是一個會賺錢的人，並不一定會生活，而一個絕頂聰明的人，也並不見得會有成功的一生，唉……」

嘆口氣後，他用那悲切哀傷的眼光，略微地掃了我倆後，接著喃喃自語道：「唉！沃夫的一生，就像是坐雲霄飛車般驚悚、刺激、瞬息萬變……」

考駕照

眾所周知美國是一個汽車王國，這個說法一點都不過分。美國人是離不開汽車的，而對於居住在腹地遼闊、公交系統相對不發達的洛城人來說便更是如此。不論在工作、旅遊、探親、訪友、或是購物，凡是須離家外出，汽車總是如影隨行不可或缺的交通工具。於是必須有能力自己開車，就成了在洛杉磯生活的必備條件。而學會開車考取駕車執照就幾乎成了能在美國生活的必要條件。按一般居民在十六周歲通過駕照考試就可領取行車執照，然後便一直可以到你七老八十開不動車為止。

駕照對於美國人來說應該有兩個功能，一是駕駛資格的證明，二是個人身份的證明。在很多場合下駕照可以代替包括護照、綠卡、社會安全卡、個人身份證ＩＤ卡（Identification card）在內的個人之身份證明，而且由於駕照常年隨身攜帶，使用起來也就更為方便。一般來說，在美國考駕照是一件比較容易的事情，考試包括筆試和路試。

應考者首先要到所在州的車輛管理機構ＤＭＶ（Department of Motor Vehicles）提出申請並出示有效的相關證件。在加州，這些證件主要還包括護照和社會安全卡（Social Security）在內，然後即可領取試卷進行駕駛行車知識方面的考試。試卷通常有三十五道題，答對其中的二十八題就算及格，如若不及格，當天還可以再續考一次且不必另繳費用。當筆試通過後，再經過諸如視力檢查、照相、打手印等程序，申請者便可以當場得到一張學習證（Learning Permit），即允許申請者練習駕車。接下來申請者要找一個教練正式開始學習駕駛。

在洛杉磯，要找到駕駛教練輕而易舉，當地華文報紙上的廣告欄裡天天都有不少這樣的廣告任你挑選。美國的駕駛教練是按小時來計算費用的，一般來說，每小時為三十五美元。如果教練或者你本人認為駕駛技術達到了路考的要求，那就可以提出路考的申請。路考共有三次機會，如果不幸三次均未通過，那就得回到筆試的程序從頭再來。

其實能否順利考取駕照取決於很多因素。除了申請者個人的駕駛技術之外，也與其所聘請的駕駛教練的個人素質、以及考官的判定尺度大有關聯。其中值得一提的是，在駕駛教練中，的確存在著良莠不齊的現象，但大部份教練都能做到認真傳授駕駛技術，以期學生能盡快掌握相應的駕駛技能，但也有少數的教練，為了多賺取學生的鐘點費，就會故意將學習過程盡量延長。當然，如果真的遇到這種情況的話，學生可以提出中止學習而另聘他人。

路考的通過與否幾乎完全取決於考官的認可與否而定，有時同樣一個學生，若碰到不同的考官，就會得出不同的結論，這幾乎是很正常的現象。雖然有很多學生一次性通過，但三次沒能通過而不得不重新再來的學生也不在少數。筆者曾對身邊的朋友當年參加路考的情況做過統計，大約在十個人當中，一次性通過路考的只有兩位，餘者中有四位考了兩次，兩位考了三次，另外兩位三次都沒能通過。所以差不多每一個考生在參加路試之前，都希望自已能遇上一個「筆下留情」的考官。從這個意義上來說，能否能順利通過路考，有時也跟應試者個人的運氣多少有些關聯。

我有一個叫姚莉的朋友，十幾年前來到美國，剛來時她的英文水準很差，而當時並沒有像現在這樣有中文試卷，所以姚莉在參加筆試時就已經費了九牛二虎之力，所幸最後總算是通過了。路試那天，心情緊張的姚莉在心裡暗暗祈禱著自已能遇到一個通情達理的好考官。

一開始她的祈禱似乎真的見效了——她看見一個長著中國人模樣的考官手裡拿著卷宗朝她所在的車輛走來。她心中暗喜，真是天憐我也心想事成了，居然想什麼就來什麼了！畢竟同是中國人，那血濃於水的道理誰都應當明白清楚。想到這兒，姚莉原先的緊張情緒便無形中平靜了不少。但是接下來的景象即令姚莉的神經不覺間又提了起來——那個向她走來的考官，一臉刻板木然，竟然半點也看不出那種在異邦遇見同胞之後的那種熱情來，而是緊繃著張冷若冰霜的扁平臉，讓人看得打心理就先涼了半截，之後待她聽到那考官用英語向她自我介紹，說自己名叫「吉阮」，直到這時，姚莉才恍然大悟的明白了過來，原來這位來監考自己路試的當職考官，竟然是個越南人！待他上車坐到姚莉的身邊之後，吉阮考官那副冷漠無情不動聲色的臭臉也不見有任何「解凍」的跡象，於是姚莉原先心裡那些美好幻想即在瞬間完全消失殆盡。

其實在美國，路考並不複雜，說到底也只是考考應試者的基本駕駛技能而已。不過不同的州對路考的把握尺度也都有所區別，有些州的路考就特別簡單，只是讓考生在路上或專用場地上駕駛車輛跑上一小圈就能過關。相對而言，加州的路考比起其他州要難一些，這個所謂的「難」，更多的是體現在一些細節上面，例如上車是否繫安全帶？起動時是否按要求先四周察看一番？是否也看了一下後置鏡？轉彎是否打燈？見到行人是否提前減速剎車？以及是否注意到路邊的標示？是否按規定速度在不同的路段行駛？等等。

汽車上路了。姚莉本來心情就緊張得要命，再加上那個考官在一旁虎視眈眈地盯著自己，這樣一來就更是讓她感到手足無措了。剛開出車管處的停車場還不大一會兒，就看到眼前路面上出現了一個凹崁，在這種情況下本應減速通過，可此時的姚莉早已亂了方陣，她非但沒有減速，反而一緊張竟錯將油門當做了剎車，一腳就踩了下去，瞬間汽車就像是被巨浪掀起的小船似地，一下子狂顛了起來，直把坐在她旁邊的越裔考官嚇得連聲大叫了起來。接下來的結果自然是可想而知的。沮喪到極點的姚莉，就把當天路試的失敗全都歸結到那個越南的「黑臉判官」身上，一路氣哼哼地回到了家裡。

一個月後，姚莉再次去參加路考二試。這次在考場等候時，姚莉帶著期待而又恐懼的複雜心情，暗自嘀咕著，希望這回千萬不要再碰上那個八字跟自己相剋的越南考官才好。哪知卻事與願違，偏偏又是他！姚莉只能硬著頭皮的在心裡暗暗叫苦。但出乎她意料的是，當天那個越南考官並不像上次那樣寡臉相向，而卻表現出耐心平和的態度，儘管如此，姚莉還是有些緊張，一路應試也還差強人意還沒出什麼錯，可就在心中正自暗喜之際，突聽考官下令換到左車道，這時竟不知為何，她赫然心下一慌，居然把車輛來了個一百八十度的大轉彎，換句話說，汽車在街道上來了個原地大掉頭！想來這個越裔考官恐怕還是生平第一次見識到如此驚險嚇人的場面吧？直嚇得他目瞪口呆臉色慘白，而被自己剛才破格的「特技表演」嚇昏了頭的姚莉，這時仍就渾然不知，並沒有及時打停的意思，接下來她又將車輛向著道路靠右鍘滑去，最後幸虧那個考官及時緩過神來，搶先就一把奪過方向盤，這才將車子穩住了下來，到了這時，姚莉只顧得擦拭臉上的冷汗，哪裡還敢去想什麼過不過關的事情？

兩次路考的失敗的確在姚莉的心裡投下了一片濃濃的陰影。她清楚自己就只剩下最後的一搏了，如若仍然過不了關，那麼她就得從頭再來，也就是再從考筆試開始，為此讓她擔憂不止。就在她到處打聽有關利於路試過關的機會裡，碰巧讓她得知，對門的鄰居趙琳才剛考過，同時考她的那位監考官也是個東方人，不過是個菲律賓籍的中年男子，似乎對她還蠻有興趣的，居然還在考完之後約她去喝咖啡呢，姚莉一聽到趙琳說到這兒，就像是撈著救命稻草似的，立馬就請求她無論如何都得出手相助，最理想的辦法，自然是由趙琳的那位朋友來做自已下一次路試的考官。

幾天之後趙琳興沖沖地跑來賀喜報捷，也就是應姚莉千拜萬託定要她辦妥的那件事，她已經按姚莉所希望的意思辦得妥妥當當了。這個消息就像一陣強勁的和順之風，將姚莉心裡的那片愁雲慘霧吹散得乾乾淨淨，叫她心理痛快極了。

路試的日子轉眼就到。那天姚莉還為此將自已刻意地打扮了一番，然後她懷著輕鬆愉快的心情來到了考場。照例是先在車管處遞上路考的相關文件，之後就站在門外的空地上等候那位菲藉考官的到來。與以前兩次路考不同，此刻的姚莉由於心裡有了底氣，所以臉上掛滿了志得意滿的神氣，而且她突然感到時間過得特別之慢。這時，她遠遠看到那個曾兩次當掉她的越藉考官向著這邊走來，她臉上不禁露出了有些得意的笑容，暗想前兩次本姑娘極其不幸被裁在你的手下，此次可由不得你再來教訓、嘲笑我了。可接下來她才發現，看來事情似乎有些不妙了，那個餅餅臉的越裔考官，居然徑直地向著她這裡走了過來，而且還對著她發出了一聲驚呼：「Wow! My God, it's you again!」（噢！我的天，怎麼又是妳！）

這時姚莉既不敢相信自已的眼睛，同時也實在不敢相信自已的耳朵！我的老天，怎麼會是他呢？趙琳不是說得清清楚楚那個考官是個菲藉人士嗎？唉！我的上帝啊！這到底是怎麼回事啊？此刻的姚莉真是失望至極得欲哭無淚了。但不管怎麼說，雙方都在這極度尷尬又特別不安的氣氛中，路考總算是勉強過關了，這次姚莉也終於如願拿到她日夜祈盼的加州駕照了。

隨後她就滿懷疑惑地向鄰居趙琳問起那天的事情，在聽了趙琳的解釋之後，她這才恍然大悟了起來。原來這位名叫吉瑞阮茲的路試官，只因當初姚莉過於緊張，聽漏了考官他那不是很純的發音，竟將「吉瑞阮茲」聽漏成了越南姓氏的「阮」字發音不說，再加上考官的身材、相貌都跟越南人有些相似，所以才鬧出了這場不大不小有如「在開玩笑」一般的虛驚場面。難道這也算是一種特別的緣分？回想起自已考駕照的過程，姚莉的臉上露出了哭笑不得的表情。

蛻變

年過花甲的陳太太，在美國加州洛杉磯的城郊，擁有一幢佔地近一畝的花園大洋房，這棟鄉村式的大別墅還是當初她老公在世時買下的，算起來那已是四十多年前的事了。別墅座落在一處不是太高的山頂上，與環繞在四周的豪宅相比，陳太太這棟具鄉村風味的別墅，在這多是富人群聚的高級社區裡，僅算是較為普通的一款。雖然她夫婦倆都是醫務界人士（陳太太是助理護士，先生是駐防軍醫），但與同區內那些高收入的專業人士如醫生、律師，工商界老闆，或是在政壇上小有名氣的公眾人物相比，還是略遜了一籌。

陳太太當時堅持要買這區的房子，主要是為兒子們著想，希望能因此而進到好學校。她的這棟大洋房，外觀大致呈「7」字型的結構，數字上邊的短邊盡頭是間可容三輛小轎車的大車庫，與車庫相連的是間如火車廂的長型廚房，從廚房往裡走去，通過一道門就可進到餐廳。客廳位在數字的拐角處，與餐廳僅以一道高及屋頂的櫥櫃相隔，櫥櫃下半部是儲藏餐具的存放區，上方空架裡則擺放著許多裝飾品或旅遊買回的紀念品，有的空格處也放置了一些家人的照片。別墅的正門，位於數字豎邊近半處的地區，正門入口是一大玄關，其對面一牆之隔的是家人的娛樂間。玄關的左側是一道長長的走廊，而走廊的兩側則各有兩間套房，若再往裡走，最裡盡頭就是主臥套房了，整棟洋房的建築面積將近五千平方尺，這在當時應算是棟豪宅了。

住在這裡，空氣清新，視野開闊，四周遠遠近近的景物都可以一覽無餘全在眼下，從自家客廳的窗戶便可以望到洛杉磯北面那座高聳逶迤的洛磯山（Rocky Mountain）山峰，極為壯觀，若向西望，還可以看到碧海連天一望無際的太平洋，讓人有種心曠神怡之感。

陳家他夫妻倆，膝下共有三個兒子，應當算得上是個美滿幸福的家庭。但後來這種情況漸漸發生了變化，一是十幾年前老伴因病撒手人寰，二是隨著兒子們漸漸長大，便像一隻隻長硬了翅膀的小鳥般，一個個相繼離她遠去，到最後，原本熱熱鬧鬧的大家庭，竟然就只剩下她一個人，孤孤單單地守著這幢偌大的別墅裡。由於長期寂寞清冷的生活，便使得本來就話語不多的陳太太，變得更加的孤僻寡言了，以至於她的眉頭即便是在平時，也極少有舒展開來的時候，甚至就連過去，她最喜歡遠眺著洛磯山脈那延綿不斷的雄偉山峰，此時在她的眼裡，也變得彷彿像一條捆住她情緒且令人討厭的巨大鎖鏈，以至令她的視線裡每每會帶著一種明顯可辨的憎惡之感。總而言之，現在的陳太太感到原本豐富多彩的生活，已經變得索然無味了，想不到她的這種心態若不是直接那麼就是間接，引領出她難以言喻而又奇妙的蛻變。

眾所周知，美國雖然是個號稱尊重和保障個人自由的國度，但在實際的生活中，卻並不像許多人想像的那樣，可以隨心所欲。就拿自家的房屋來說吧，儘管房屋的所有人對自已的房產，有著神聖不可侵犯的自主權，但在另一方面，這種神聖不可侵犯的權力，還是會受到社會大眾諸多的規定和限制。比方說，在依照有關法律的規定，房屋外觀必須保持整潔和美觀，包括門前的庭院以及草坪等附屬物，也必須與當地社區的相關規劃保持一致，否則就要承擔相應的法律責任，而最可能發生的事情，就是會受到鄰近居民們的抗議甚至告發。

陳太太自老伴去世後，接著三個兒子們也因求學及就業之故，一個個相繼遠赴外州，當陳太太猛然醒覺時，這才赫然發現，自己竟然是個獨守空閨的老婦人了。她獨自苦守在這已是人去樓空的老宅子裡，成天就只有她自己一個人，呆在這偌大空寂的屋子裡盪來晃去的，竟連一個可以說話的人都沒有，陳太太在這種獨自一人清冷寂寞的情況下，就越來越感到既煩悶又無趣，繼而就對什麼都提不起勁來，因此也就在不知不覺中即養成她孤僻、吝嗇而又頑冥不靈的獨特個性。

如果說以前的陳太太在相夫教子之際，還可以保持著足夠的熱情來維護房屋和修整花園，那麼後來隨著她心境的日漸冷卻，這種熱情便像被風吹散的雲彩似地消彌一空。由於她常處於悵然若失心神不定的情況下，以致讓她僅是冷眼旁觀自已這幢別墅外牆，一天天變得斑斑駁駁，顯出一幅髒污不堪的敗象不說，甚至就連她以前最愛打理的花園，現在也任著那些雜草一天天地瘋長不止。她這不理不睬的結果，弄到最後，竟把這幢原本繁花似錦古樸典雅的大別墅，居然弄成了這高級富麗的社區裡一處獨特而刺眼的頹景毒瘤，像是一幅山水秀麗的畫卷上，倏然凸顯的一塊污斑。若說是一開始四鄰們還只是在心裡暗自埋怨，那麼到後來這種埋怨就變成了不滿的口頭抗議。其實陳太太早就風聞到這些抗議之聲，但她卻裝聾作啞充耳不聞，依就是我行我素的毫不為之所動。

事實上若要嚴格的來說，陳太太的這種沉默，除了源於她當時陰霾沉淪的心境外，也跟她與生俱來的吝嗇習性有關，說白了，就是她捨不得花錢去修整房屋罷了。於是在鄰居們的抗議和忿怒的目光中，陳太太這間大別墅的外牆，仍然是一天天地變得更加髒亂下去，花園裡的雜草也依舊是一天天地死勁瘋長不止，叫人看去，頗有些令人怵目驚心、滿目瘡痍的感覺。這種狀況不僅嚴重破壞了社區環境的觀瞻，還在某種程度上對當地的房價造成了不小的損害，雖然於此期間，在陳太太別墅附近有幾戶居民本打算出售或出租房子，但當客人們來看房時，即刻就被旁邊陳太太的那幢破敗不堪的房子嚇得興致頓消，他們不是掉頭匆匆而去，就是提出降低房價或削減租金的要求。就這麼一來二去的，直讓忍無可忍的鄰居們終於串聯了起來，於是他們沆瀣一氣使出了最後的殺手鐧，就聘得律師一張狀紙告到當地法院，將那頑冥不靈並也是屢勸不聽的陳太太告上了法庭。

事情既然已到了這個地步，陳太太心裡當然也很清楚，自己是眾怒難犯了。尤其是在鄰居重金所聘律師的控告下，自己勝算的機會幾近是微乎其微了，換句話說，也就是自己再也不能像以前那樣，陽奉陰違地來敷衍鄰居，更不可能如前的輕忽姿態去應對法庭。此次她就不得不開始認真考慮去修繕房子的事情了。如果說此時她在法庭威嚴的脅迫之下，已經克服了心灰意冷的干憂，那麼接下來另一個似乎更加重要的問題——「花錢」，又使得她猶豫不決了起來，因為只要一想到要花錢的事兒上，她的心就會立馬揪成一團，即令她有苦不堪言難以名狀之感。但無論如何，法庭是不會因為她的遲疑不定，而為她法外開恩的，於是在兩相之較取其輕的抉擇下，她只能在如何能省更多錢的這個思路上，去運籌謀劃。那時說來也巧，就在陳太太接到法院送達控訴狀的第二天，於參加友人的一個婚宴上，竟讓她遇到了位當初在夏威夷的一個同鄉，從而又得知該同鄉的一個侄子略具粉刷油漆之類的技術。這個消息使得陳太太禁不住有喜從天降般特別興奮的快感。因為如此一來，便可以去除她兩項顧慮，一是若請到同鄉侄子願來上工的話，那麼她就可以看在同鄉的份上，自然可以要求在工錢上大打折扣，二來，也可打消她心裡一直忐忑不安，怕被工人亂敲竹槓。於是在她極力的請求下，那位夏威夷同鄉便在她倚老賣老硬軟兼施的逼將下，就把這件事情極其勉強地答應了下來。

一俟漆工確定之後，陳太太一刻也不稍停，當場就撥通電話找到住在她對門開五金行的老鄰居，這位中東籍的猶太人，一方面是看在為社區造福的觀點下，另方面也是在陳太太不屈不饒頑強力爭的討價還價後，終能讓她如願以償，爭取到全面對折的頂級漆料。事情進展得果真就如她事先所設想的那樣順當便利。那位同鄉侄子就在她家馬不停蹄地忙活了好幾天，終於將這幢齷齪礙眼的老宅子外牆，全部粉刷一新，除此而外，又應陳太太的一再要求，於是這位性格有些靦腆的同鄉晚輩，一是鑑於尊敬長者，二是基於鄉親的同情心理，雖不是很樂意，但還是將她院內被雜草遮滿荒蕪萎頓的花園，徹頭徹尾整理得清清爽爽。令那昔日髒污得不堪入目的別墅，猶如一個破衣爛衫的乞丐，突然換上一身筆挺的西裝一般，使人有種耳目一新風華再現的感覺，看上去彷若又回到那昔日粉牆黛瓦令人賞心悅目的舊日榮景裡去了。

但事情到此並不足以讓陳太太滿意，其實這時最令她關心的，倒不是應付工資多少的問題，而是接下來該如何說服勞苦工作了幾天的修繕工，讓他能接受自己早就想好要做的事情——她帶著同鄉的侄兒走到別墅的後院，從一處涼棚裡拖出一對棄置不用且灰塵滿佈的老式沙發，以及一張漆層爆裂桌面都變形了的舊餐桌，然後帶著頗有些傷心的表情，對身旁那個一臉疲憊的晚輩說，這對沙發和那張桌子其實都是她的心愛之物，本來是不捨得送人的，但看在鄉友的情面上，再加上又是個晚輩，所以才狠下心來忍痛送交給他。最後，陳太太抬起頭來注視著這位她視為廉價的工匠後生，一臉嚴肅地說出了這些最關鍵、也是最重要的話語。

「當然，這些物件隨便也可以抵頂了你的工錢——這麼便宜的事情，呵！我想要是換成其他任何人，也是不會拒絕的，不是嗎？」就此，很快的便將友人的侄兒給打發遣走了，望著那個有口難辯、情緒沮喪的同鄉青年，在自已的視線裡漸行漸遠，這時，陳太太終於長長地吁出了一口氣，臉上也浮現出多年來少見的會心微笑。

也可能是這件讓她佔盡便宜的差事，啟發了陳太太的興致，讓她不但是食髓知味並還想再接再厲的去大肆利用一番。接下來，她開始考慮到別墅裡面的修繕事宜上。其實人們可以從當初別墅那些污穢不堪的外牆上，就可猜想得到裡面的大致情景了。別的先且不說，僅就房子內那三套衛生間，就已經有些叫人慘不忍睹了，而且其中的兩間盥洗室裡的抽水馬桶，早已形同虛設，處於無法使用的狀態，而剩下唯一的那套，日前竟發現四個固定馬桶的螺栓，居然有三個銹壞腐蝕，成了一根根鬆散的爛鐵釘，若稍加外力就會四下搖晃不停，一幅搖搖欲墜隨時都會蹦垮的模樣非常危險，看得叫人不敢觸碰。

陳太太這次想到了她教會裡認識的狄克・蓋茲先生，這位剛從波音航空退休不久的德裔技師，素來是位熱心快腸、喜歡助人的老好人。陳太太也曉得身為美國的男士們，一般或多或少大都具備些修繕房屋裝置及設備的技能，只不過要修整座抽水馬桶，就不是一般人所能勝任得了的工作了，因為抽水馬桶本身，除了配件較多之外，技術一定要非常精準，否則水位流量很難拿捏得當。陳太太之所以選中狄克・蓋茲，不光是知道他老實忠厚，同時也看中他是教會維修組的老義工。

事實上更重要的是那時在陳太太的家裡，她那唯一還能使用的抽水馬桶，也因多年疏於維護，突然發現有回流現象，這一發現就非同小可。因如廁非比尋常，是生活所必須之事，由於事關緊要且急不可待，就逼得陳太太不得不立刻有所決定，忙將心裡的打算及時付諸行動。儘管陳太太知道狄克是位樂善好施的老教友，但她也非常清楚，整修抽水馬桶可不是個小活，尤其是在人工費用昂貴的美國，更是如此，倘若一開始就言明要他同時修理三座馬桶，畢竟是件不算小的大工程，就算是狄克・蓋茲這樣善於助人的老好人，可是按常理來說，大概也極有可能會遭到拒絕，另外一個可能是，狄克會正式向她提出修理費用的問題，而依時下的行情，三個抽水馬桶的修理費用僅就工錢，少說也得要三百美元才能打發。即令陳太太單就為了此事著實費了一番功夫，她搜腸刮肚地精心設計，最後終於決定，想先以修理電話機為由將狄克叫來家裡。

修理電話機對電機系出身的狄克來講，簡直就是小事一樁，自然就是件駕輕就熟的順手人情了，果然僅就在幾分鐘的時間內，便將陳太太家的電話機調整好了。當狄克正準備起身要走時，陳太太這才裝出一幅恍然大悟的模樣，一邊笑著說感謝的話，邊又趕忙裝出一派輕鬆卻又略顯著急的口吻對他說道，家裡的三個抽水馬桶也有些小毛病，打算也請狄克先生順便給看一下吧。就這樣，一向注重顏面的狄克先生，面對著教會裡的老姊妹，就是再怎麼也拉不下臉來當面拒絕，不得已，只好硬著頭皮答應了下來，可他應承下的結果，卻發現陳太太家裡的三套馬桶，都因年久失修，老舊破損得已經無從修起了，除非是全部換新，否則即便是勉強修補好後，也還是維持不了多久，而且只要是一旦再出毛病的話，那麼不是件小紕漏，不但會弄出得不償失的事來，與此同時，還很有可能會釀成大禍。這下讓原本只想修修補補的陳太太，在聽完這些話後，只得咬緊牙關，當即就要求狄克・蓋茲來全權處理。

於是在這騎虎難下的情況裡，逼得狄克真的是只有認命的份了。首先他得開車進城，到建材行裡買下三套全新的馬桶，然後僅就自己一人吭哧吭哧地趕工，他幾乎是從中午一直忙活到夕陽西下方才完工。最後，陳太太手裡握著一張百元美鈔，直朝狄克走了過去，她心裡自然是最清楚最明白不過的了，這個工錢根本就不及市價的一半，於是她用堆滿了笑容的臉龐，並毫不含糊地再加上諸如「真不虧是個心地善良的教友啊！」一等一些甜蜜的恭維，來抵補那部分不足的工資，直把個狄克・蓋茲哄得心花怒放，快活得就連聲不迭地念叨著「Oh! Thank you, thank you, thank you very much Mrs. Chen!」彷彿就像是他本人欠了陳太太一筆份量不輕的人情債似的。

如果說在修整別墅的過程中發生的這兩件事，早就在陳太太的意料之中的話，那麼就因著這兩樁極其順心的事件而引發出另外的一件事，卻大大地出乎她本人意料之外了。那原本因長期的孤寂生活而變得心如死水的陳太太，由這兩次稱心如意的壯舉，似乎讓她有了自尊與信心，也找到了一條可以使她自己重新快樂起來的新途徑。此後她便像是吃鴉片上了癮似的，從不放過一切類似的機會，以來展現自己的精明才幹，而且差不多總會從這些機會中得到心靈上的滿足。因此在不久之後，便在這處高檔的住宅區裡，漸漸聽到些有關她慣於耍奸使巧的傳聞，並且這些傳聞變得越來越多，以至演變到最後，她的名字竟在當地幾乎成了奸滑乖巧的代名詞了。

也幾乎就在這段期間裡，不光是她的行為蛻變得叫人難以想像，就連她那總是憂鬱的神情也僥有意趣發生了極大的改變。鄰居們漸漸發現陳太太過去那些鬱悶陰霾的臉面上，就像她那些粉刷過後變得煥然一新的別墅外牆一樣，讓人看去，頗有些春風滿面生氣蓬勃的味道來了，而個中更令人驚訝的是，居然發現她整個人彷彿變得既年輕又友善了許多。人生如棋變換萬千，陳太太也不例外。

另類婚宴

前些日子聽一個來自中國大陸的朋友談起她們當地的結婚風俗，給我的印象是場面相當鋪張，排場甚至稱得上奢華。雖然在美國，這種豪華婚禮的場景也很常見，但在我的記憶中，更多普通百姓的婚禮往往顯得更加樸素簡潔一些。說到這裡，不由得使我想起幾年前參加一位鄰居的婚禮來了。

我家在洛城鄉下有一幢別墅，平時是作為我和老公週末休閒度假的去處。這些日子由於工作太忙，大約有半年沒能來這裡了。記得那是在復活節後的一個陽光明媚的週末，我和老公駕車回到別墅度假，車子剛抵達前院大門，就看見鄰居杰克駕著他喜愛的白色小卡車（Pick Up）急急地尾隨而來。杰克一跳下車，竟連聲招呼都來不及打，便笑嘻嘻地將手裡拿著的一個裝飾還算精美的卡片向我們遞了過來。

「呵呵！這是丹尼邀請你們的結婚喜帖，他的婚禮就定在下個月的母親節當天！」我邊接過請帖邊詫異的應聲道：「下個月的母親節——結婚？」我邊問邊將請帖快速地溜了一眼，當我看到請柬上印著新郎：丹尼・郝森、新娘：莫麗・伍德時，我眼睛為之一愊，這兩人的名字都是極其陌生的。我極力從記憶中快速搜索，但就是怎麼也想不起有這兩號人？

「誒！丹尼・郝森、莫麗・伍德，這兩人我們都不認識，他們是誰啊？」我抬起頭來用疑惑的眼光投向杰克，這時外子正湊過頭來看我手中握著的請帖，當即也流露出幅莫名其妙且又詫異的表情朝向我們這位老鄰居。

「咳咳！哎呀，你倆可能是記不起來了吧？」杰克一面將頭上的牛仔帽摘了下來，一面用手彈著帽簷上的灰塵笑回道：「嘿嘿！新郎丹尼，不就是住在我家後院的那個工人嗎？！你們都不記得啦？嘿嘿！都是這裡的街坊鄰居嘛！所以我就擅自做主，決定請你們夫婦也一起過來湊湊熱鬧，就正好藉這機會讓大家相互認識認識。嗯！也順便熱熱鬧鬧的來辦場鄰里間的喜事，讓鄰居們都痛痛快快的來慶祝一番吧！」杰克笑嘿嘿地向我倆解說。

經杰克這麼的一提醒，總算是讓我想起來了，原來那個住在杰克家後院的男人就是新郎丹尼。在我的印象裡，丹尼是個莫約四十多歲的中年男子，他身材高大壯實，有著一般標準工人的體格，在他落寞的臉上好像總是頂著一頭捲曲而蓬亂的金髮，除此之外，又不知是什麼原因，他穿的衣服和褲子看上去總顯得皺皺巴巴的，十分礙眼。因為這些原因，本來長相還算不錯的丹尼，卻給人留下一種屌兒郎當不修邊幅的印象。想到這兒，竟讓我還憶起丹尼平時總是駕著一輛藍色本田車，經常在社區裡進進出出，每當經過我家門口時，他那總是目不斜視直挺挺地開車樣兒，確實留給我個極深的印象。

接下來杰克還告訴我，新娘莫麗眼下就租住在他的一處房子裡，而那所房子與我家僅有一街之隔，也就是夾在我們兩家之間的那棟小別墅。這就叫我更是驚訝不已了。大概杰克也看出我倆吃驚的表情，撫額笑道：「呵呵，也難怪你們有半年多都沒來，當然就不會知道這兒的情況了！」然後他就擺出像電視主播的架勢，繼續報導丹尼和莫麗的一切相關的八卦訊息，據他說。

「丹尼和莫麗的親事說起來倒是有那麼點偶然性。其實莫麗當初是和她老公一起租住在你對街的那棟小房。但卻不到半年，她剛退休不久的老公就因心臟病突然發作不幸去世，從此以後莫麗就困在這個五畝大院的房屋裡孤寂度日。只是時間長了，總免不了會遇到些諸如屋裡的水電設施需要整修等的一些問題，因我自己在這社區裡還擔任著好幾個職務，平時就很少有什麼空閒的時間，所以在通常的情況下，每當遇到這種情況發生，我總會立馬就派我的工人丹尼前去幫忙。就這樣一來二去的，丹尼竟然和比他大了將近二十歲的莫麗發生了感情，而且這齣姊弟戀情很快便發展到論及婚嫁的地步了。就因我一方面既是丹尼的老板，另一方面又是莫麗的房東，他們一定是看重我這雙重身份，再則又應他們兩位新人的熱烈請求，就只好責無旁貸地擔當起他們兩人婚宴的主婚人了。

你們夫婦倆也都是知道的，我們這個地區和車水馬龍的城市大不相同，這裡是鄉下，又是較為偏僻的度假和退休社區，一向就稀稀落落的沒什麼人來的。即便有時也會有些外地人，但也都是些對鬧區生活感到厭倦之人，只是過來小住幾天就走的，你們夫婦不就是這樣嗎！可就在舉辦婚禮的這碼事情上，我們這個偏僻冷清的社區就不適合。

你想想看嘛！大凡舉辦婚禮的，不論是哪國人或是哪個民族，一定都想把婚宴辦得熱熱鬧鬧吧？辦出個賓客盈門喜笑沸揚的歡樂場面才對吧？現在我是這場婚禮的主持人，我當然就得想盡辦法把這場婚宴辦得熱鬧些。況且我這個德州佬，生性就是好客愛熱鬧慣了的，他們這次的婚宴，讓我最擔心的就是怕湊不到足夠的人數，一旦來觀禮的人數不多，場面自然就冷清，那我這個做主婚人的，不就很尷尬很難辦了嗎？

尤其是他們又特別選在母親節這一天？想想看吧！誰會願意捨棄這個與家人團聚的節日啊？況且在大熱天裡，需開近百里的車程，單就為趕來參加一個鄉下的婚禮？就是為了這個緣故，所以啊，即便你們並不相識，我還是要硬邀你們夫婦過來，這也就是我採取「先斬後奏」的原因，我想老朋友了，您倆應該不會介意才對吧！」杰克還是老樣子，硬是一口氣就把這來龍去脈說得清清楚楚，讓你簡直沒有選擇的餘地，唯有聽命就範的份了。

其實在答應杰克的要求之前，我和老公都曾有過猶豫，倒不是不願參加這個婚禮，而是在母親節那天，我們自家人就早約好要到女兒家去團聚的。但此刻礙於杰克的熱情相邀，再加上這麼多年來，我們夫妻倆只在春、秋兩季週末的空檔期，才會來此稍住幾天調節身心，而平時那幢空閒的房子及種在五畝地上的花草樹木，就只得委託杰克先生加以照料和維護，也就是說在這件事情上，我們的確還欠著杰克一個人情，因此我和外子最後還是極其勉強點頭答應了杰克的不情之請了。

熱心快腸的杰克，顯然對我們的允諾感到格外高興，頗有些眉飛色舞的樣子。接下來他喜不自禁地又告訴我們，其實整個婚宴就定在莫麗眼下所租住的那幢房子裡，換句話說就是在他的地產上舉行，並且喜宴採取自備盤餐（Pot Luck）的方式，即由來賓們自備菜餚來與大家分享。這種聚餐方式在時下的美國很是流行，也就是親朋好友湊在一起，各自從家裡帶來不同款式的自製菜餚，這麼一來，既經濟實惠又能增添聚餐時的熱鬧氛圍。

「嘿嘿，屆時啊！您二位可以什麼都不用做，就只管帶上妳的拿手好菜來吧。」杰克像完成了一件什麼重大使命似地開心地笑著又說。

「嘿嘿！那麼我在這裡就先代表丹尼和莫麗他們這對新人，對你們屆時的光臨表示最真誠的歡迎和感謝囉！」就在杰克說話間，我腦中忽然電光石閃地想起一件事來。據我所知，當地美國人有個不成文的婚前規矩，也就是男女雙方在結婚之前，一般會由各自的親朋好友分別的來為準新人舉辦幾場所謂的「新娘聚會」（Bridal Shower），和「男方告別單身聚會」（Bachelor Party）等的聚會活動。可是在剛才的談話中，杰克似乎並沒有提到這件事。於是我把心裡的疑惑當場就對杰克先生提了出來。杰克聽完我的話後，不竟仰臉哈哈的大笑了起來，接下來他告訴我倆，其實丹尼和莫麗他倆早已經同居了，那裡還用得著這些婚前活動啊？杰克就是這麼個有著他母親美國印第安人的爽朗個性，同時也具有他父親荷蘭藉猶太人的固執及精明，據他說父親是在二戰時由美軍從集中營裡救出的猶太商人。

婚禮那天，我刻意的起了個大早，開始製作喜宴要帶去的盤餐。首先從冰箱中取出華人超市才有的一把韭菜黃，與豬肉絲合炒出一盆韭黃肉絲餡，待涼後就使出我的拿手本領，做出了滿滿一大盆的炸春捲，並叫外子將一條條炸好的春捲排列有致地堆疊在一個大方形的水晶盤上。接下來，我還炒了一盤臺式乾炒米粉，並以香菜、紅色及綠色大甜椒裝點在盤子的四周，瞬間，兩盤五星級風貌的中式菜餚就呈現在眼前。臨上車前，外子突然想起冰箱內還有盆特為婚宴準備的什錦水果，便趕忙又回屋裡取了出來，之後我倆便駕車駛入街對面新娘的大院裡去。

此時太陽高照已近正午時分了，我看到院內早停下四、五部車。片刻之後，從一輛箱形車裡跳下兩位男士，只見他倆拉開側門，快速卸下十來張折疊椅，然後兩人就七手八腳將折疊椅排在屋前的小通廊上一一擺放妥當。而在屋內，看到杰克夫人蘿琳太太穿著件棗紅色連衣洋裝喜氣洋洋地正忙著裝點餐桌擺飾，她一看我進門，便馬上就迎了過來。

「啊呀！我最喜歡的中國春捲終於來了！」她一邊嚷著一邊趕忙從我手中接了過去，然後將它擺在餐桌的正中央，放眼望去，這次的婚宴菜餚真可謂豐盛多彩。我大略的估算了一下，葷的有烤雞腿、起司條、火腿丁、小牛排、牛肉卷、炸魚片、魔鬼蛋以及我帶來的肉絲春捲和臺灣炒米粉等；素的有茄子泥、火烤土豆、水果沙拉、生西芹配紅蘿蔔條、清蒸四季豆、水煮玉米棒、奶油蘑菇羹、西式土豆泥、什錦水果串等。當然還有為男士們必備的冰鎮啤酒、雞尾酒，及為女士們準備的各種汽水、飲料。

若與花樣繁多的菜餚相比，那麼來參加婚禮的賓客人數卻少得可憐，算來算去就只有那麼區區的十幾位來人。其中有新郎的父母、兄姊及他們各自的配偶，也有新娘莫麗的兒女及已成年的孫兒等。在所有的來賓中，除了主婚人杰克夫婦外，其他人都因當時炎熱烤人的高溫天氣而輕裝便服。不大一會兒，一位身著白袍當地聖公會的牧師，在蘿琳的引導下來到婚禮現場——這意味著婚禮就要正式的拉開序幕了。

主婚人杰克首先致開場辭。身著正裝的杰克顯得精神抖擻，滿懷激情地講了一些祝福丹尼和莫麗結為百年之好的吉祥詞語，接下來在牧師的召喚下，身著西裝的丹尼從屋裡快步走了出來，然後就站到牧師面前。都說「人在衣裳馬在鞍」，今天的丹尼穿著一套淡藍色的畢挺西裝，以往蓬亂的頭髮，這刻也梳理得油光水滑整整齊齊，看上去令人有耳目一新的感覺，甚至還很有幾分氣宇軒昂的派頭呢，這與他平日邋裡邋遢的形象簡直判若兩人。又過了幾分鐘之後，身著橘紅長裙洋裝的莫麗在女兒的牽扶下，也來到牧師的面前，剎那間，掌聲驟然響起，我那擔當現場攝影師的外子，以及負責錄影的朋友也在此刻間開始忙碌了起來，一瞬間，鎂光燈此起彼落閃耀不停。接下來在牧師的祈福聲和眾人的歡呼、鼓掌聲中，主婚人杰克站起身來，開始邀請新郎新娘的親人上臺為這對新人祝福。

首先邀請的是新郎的父親。丹尼的父親是位身材高大的北歐人，稍稍有些禿頂的他，年輕時曾是挪威水手，因投效美國海軍而入籍成為美國人，他胖呼呼的臉膛上紅光滿面。在他講話之前，曾發生了一個有趣的小插曲。當這位身材肥胖的老人家，顫顫巍巍拿起椅邊的拐杖，費力地將自己的身子撐了起來之後，就在走向講臺的過程中，整個人竟然被卡在兩排椅子之間，沒法通過，直急得他老人家滿臉通紅，同時也在來賓中引起了一陣善意的笑聲。主婚人杰克見狀，急忙以手勢請老人坐下就地發言。只是郝森老先生，顯然並不是個很健談的人，而且在講話過程中還常常會發出「唔、唔」的音節來，不知是他氣短還是在思考他下面該說的詞句？此外他的祝福詞也顯得有些與眾不同。

「唔，丹尼我兒啊，唔，今天我和你母親冒著這個大暑天裡，就是為趕來參加你的這個婚禮的喔。唔，唔，怎麼說呢？唔，首先，我在這裡祝福你和莫麗相伴終生，白頭偕老！唔，唔……」高溫的天氣使得老人的臉上溢滿了汗珠，他下意識地抹了一下臉上如豆的汗粒，繼續說道：「唔……丹尼，說起來你也真的是老大不小了，唔，唔……從今以後要懂得珍惜，唔，珍惜這樁婚姻。反正唔，唔，反正你們倆中意就行啦，我呢，和你媽也管不了你的那麼多了，唔，唔，好了，就好好的跟莫麗去過日子吧，再不能像以前那樣糊裡糊塗地生活，唔，唔……」

如果說一開始新郎丹尼對父親的祝福還表現出一臉的喜慶，那麼這會兒很快地他的面色就有些難看了。他不容父親繼續說下去，趕忙就搖頭晃腦地接腔火速反駁道：「老爸啊，看你在說些什麼呀？什麼糊裡糊塗的啊？我這不正規規矩矩的朝正道上走著的嗎？呵，你……真是的！」

丹尼的話以及他臉上的那種多少有些滑稽的表情，立刻就引來全場的一陣哄笑。弄得老先生當場有些愕然，旋即就朝兒子又看了一看，然後自個兒很無奈的搖了搖頭，小聲地嘟噥著說：「唔，唔，那就好，那就好啦。唔，唔，我的意思是可不要再讓我和你媽為你操心了啦。說句老實話吧，唔，我們都這麼大年紀了，也真是操不起這份心了，唔，唔……」老先生說完話後，就輪到丹尼的母親上場講話。

這位本為瑞典籍年近七十歲的老婦人，無論是長相還是裝扮，都顯出幾分高貴典雅的氣質來。她淺金色的短髮梳理得一絲不苟，配上她那裁剪合體的藍色套裝，看起來頗有幾分大學教授的風範，看上去確實要比她的實際年齡來得年輕許多。老婦人一上前臺，首先過去擁抱了一下看似與自己年齡極為相近的兒媳莫麗，接著親了親她的面頰，又以同樣的方式擁抱了自己的兒子也同樣地親了一下他面頰。

「丹尼、莫麗啊，我跟你爸一樣，同樣地祝福你們兩位新人白頭偕老！丹尼啊，我可愛的兒子，你爸剛才講的話，你都聽清楚了吧！儘管聽上去不是那麼入耳，但是我還是希望你要牢牢的記在心裡。從今以後，你要好自為之了，聽清楚了嗎？可不能再像以前那樣了喔。呵！我們做父母的啊，也就僅能做到這個地步了。你知道嗎，你自己的生活，應該由你自己來好好把握的，你不能老是回頭，再跑來找我們兩老……」聽到這兒，丹尼突然張開雙臂，在原地轉了個圈兒，臉上還帶著萬分委曲的表情打斷了正在說話的母親。

「哎喲！我的上帝，怎麼又來啦！我的媽媽呀，呵！我猜你和我爸是不是在事先就商量好了的吧？怎麼說起話來都是同一個調門啊？行啦行啦，你們以後就不用再管我的事啦，呵！真是弄不明白你們……」丹尼氣急敗壞的樣子，再次惹得在場的來賓們發出一陣笑聲，一些人邊開懷地笑著邊使勁鼓著掌，剎間竟將現場的婚禮氣氛掀起了一個小小的高潮。

按婚禮程序，接下來就該輪到新娘的親人，以及新郎的兄弟姐妹發言了。新娘莫麗的女兒似乎有些靦腆，上臺之後只簡簡單單地說了幾句祝福新人白頭到老的祝詞後，就急匆匆地回到她的座位上。也不知什麼原因，丹尼的兄妹竟然沒有一個願意上臺講話。他的哥哥中規中舉的，一看就是位守本分的公務員，後來得知果然是位小學教師。他長得和父親如出一轍，活像一個翻版似的，胖胖的身材，微禿的腦袋，以及那雙略略有些外凸的眼睛。坐在椅子上，神色有些肅然地看著臺上的弟弟和弟媳，不但使人猜不透他此刻的心思，更令人驚奇他倆竟然是同一父母所生的兄弟。與他相反的是丹尼的妹妹和妹夫，卻顯得興致勃勃，不時將腦袋湊在一起竊竊私語，間或就會自禁不住地笑出聲來。

就在那時，我赫然發現烈陽已經西轉，正發出強威對準廊上射來。放眼望去，幾乎人人都汗流滿面，我相信這對當時在場的來賓們來說，沒有一人不盼著趕緊結束這冗長的婚禮程序，以便眾人可以在第一時間衝到屋裡去。人們除了被屋裡那些花色各異的菜餚和令人垂涎欲滴的菜香所引誘之外，更因受不了室外那灼人的高溫天候。主婚人杰克不知是看出了來賓們的心思，還是因為他本人也同樣急切難耐，所以過了一會兒，便匆匆宣布婚禮儀式均已結束，並邀請賓客們盡快入屋去享用婚宴大餐。

我和外子進屋後就挑了個靠窗邊的位子，邊品嚐著各種不同的美味佳餚，邊小聲談論著婚禮上的種種趣事。片刻之後，丹尼的母親突然急匆匆地向著我們這邊走了過來。

「哈囉！魏先生魏太太你們好！我是新郎丹尼的母親郝森太太，我這來正是要特別的感謝你們兩位從遠道而來的客人呢！」既便是在隨意聊天的時候，郝森太太同樣顯得儀態高雅大方。她帶著真誠的微笑在我們對面的椅子上坐了下來，稍為閒聊了一下之後，她突然很感慨地笑著對我倆說道：「唉，也真不瞞你們說了，呵，我啊這一生就養育了他們這三個兒女，可是後來呢，竟為他們出席了七次的婚禮。呵！這七次中，就有三次是丹尼的。嗯！我這次可是都已經想好了，我呀！這次就應該是我最後的一次了！呵，到此為止了，到此為止了。」

豈知老婦人剛才對我們說的這些話，恰恰被不遠處的丹尼聽得真真切切。丹尼手持著酒杯一個快步朝這裡竄來，一邊嘴裡發出不滿的抗議。

「哎呀我的老媽媽啊，你這又怎麼了呢？啊，你怎麼又對客人說那些話來了呀？OK，好啦好啦，我這就向您老保證好了，這是我的最後一次婚禮了，這該行了吧！啊？妳看妳，嘮嘮叨叨地沒完沒了，呵，真是的……」丹尼嘴裡發出埋怨之聲，但他臉上卻帶著有些調皮的笑意。看得出來，他並沒有為母親在客人面前對自已的指責而真的生氣，或者說他知道在這些指責裡，同樣包含著濃濃的母愛。

有可能是為了掩飾自已的尷尬，說話期間丹尼還朝著我和外子做了幾個自嘲式的鬼臉。此刻我才第一次認真端祥著眼前的丹尼。我感到他是屬於那種雖然談不上英俊但卻也不是令人討厭的男人，而且舉止言談間帶有一種說不清楚卻又能感受得到的幽默。也許正是這種幽默，使得我和外子都對這個年過四十而且目前為止，已經有過三次婚姻的中年男人生出一種好感來。

老婦人抬起頭看了看丹尼，臉上帶著有些誇獎的嗔怪表情後，隨即給了兒子一個白眼，然後小聲地嘟噥著說：「哼，我倒是寧願再相信你一次了。不過話又說回來了，以後啊，即便你再怎麼樣求我，呵，反正我也是不管了！事實上我也真的管不了，嘿嘿，我呀！哼！我還要顧顧你爸和我自己這條老命呢。」

說完這番話，老婦人站起身來，向我們禮貌地告辭，然後向屋子外面走去。丹尼站在那裡望著母親的背影，一開始神情似乎有些木然呆愣，可突然又搖了搖頭，之後做出一個幅度很大的聳肩動作，轉身又去斟酒去了。

婚宴在溫馨的氣氛中繼續進行著。寬敞的客廳裡，來賓們有的在集中精力大快朵頤，更多的是手持酒杯三三兩兩地湊在一起，站在那裡興致高昂地談論著什麼。不時會聽到賓客發出會心的笑聲。就在那時，不知是誰蕙質蘭心地播放了一首旋律優美的曲子，在房間裡輕輕迴盪開來。

後來丹尼的母親又回到了客廳，正和老伴以及自已家族的一群人在說著話，丹尼也在其中。從他們的表情上看，顯然此刻他們的心情是愉快的。期間我還看到這樣一個場景——丹尼慢慢俯下身子，在父親和母親的臉頰上分別親吻了一下。對兒子的這個親呢舉動，兩位老人並沒有表示出什麼特別的興奮，彷彿什麼也沒有發生過似地。但我分明注意到，兩位老人家的目光中蘊含著一種不易察覺的欣慰，很濃很深沉。

是呵，這就是生活，這就是普通家庭的普涌生活，有煩惱也有快樂，有風雨也有彩虹。大江大河固然波瀾壯闊，但山澗小溪卻也別有一番清幽寧靜的韻味，就像丹尼這樣的看起來毫不起眼的普通家庭，就像今天這個雖然簡單卻又不失風趣的婚禮，不是嗎？

診所出售

美國是一個崇尚自由的國度，這個特點，不僅表現在社會的各個領域上，更被深化到人們意識之中，並由這種意識直接反映到各個生活的領域裡。而這種崇尚自由的意識，在美國青年一代人們的身上較為顯著，而更多的是呈現在兩代之間，彼此觀點不但大相逕庭並且還各自旗幟鮮明，其「離經叛道」罕見異象，的確令人費解。下例診所兩次出售易手，就是當前美國社會現象的具體寫照。

在我任職的地產公司斜對面有一家牙科診所，該診所少說也有四、五十年的歷史了，且據我所知這個牙科診所曾有過一段令人羨慕的鼎盛期，在我見證的兩次轉手中，也都經歷了由盛而衰的過程，不過個中原由不僅令人匪夷所思足以發人深省，同時也應引以為戒才是。

這家牙科診所最初名叫「傅勒牙科診所」，顧名思義，是由一名叫做泰德・傅勒的先生和他的妻子瑪麗亞共同創辦的。二次世界大戰期間，在美國海軍擔任隨軍牙醫的傅勒上尉隨部隊駐守菲律賓的首都馬尼拉城，就在那裡結識了同在部隊裡任助理的瑪麗亞小姐，由於兩人均身在異邦，又因工作上的需要，彼此接觸頗繁，於是就在「近水樓臺先得月」的情況下，不久便修成正果結為二戰夫妻。

戰爭結束後兩人回到美國，即選在終年陽光普照有天使之城稱號的洛杉磯，定居了下來。不久這位年輕的傅勒先生就決定抓緊時機自行開業，以便發揮自已的專業特長。

在一番審慎偵查後，他夫婦倆就在位於洛城的休斯航天總部附近，開辦了這家以自己姓氏為名的牙科診所。當時的休斯航天總部堪稱美國第一大航太研發中心，僅其就業的職工便高達四、五千人，這還不包括職工家屬在內。與此同時，傅勒大夫還在一些戰時的軍中好友幫助下，幸運地爭取到航天總部所有員工及其家屬的牙科保健合同，接著又把駐紮在附近的幾個陸、海、空軍單位的牙科保健全都延攬了下來。就這樣一來，生意自然就有了可靠的保障，傅勒大夫的牙科診所就在這「天時、地利、人和」等有利的條件下脫穎而出，再加上傅勒大夫精湛的牙醫技術和勤勉的工作熱情，業務自然有如旭日東昇般一帆風順、蒸蒸日上，似乎不出幾年的功夫，就把這家診所辦得聲名大噪遠近聞名，財源也就自然源源不斷地滾滾而來。

傅勒夫婦在他們回國後，不但將「傅勒牙科診所」辦得紅紅火火令人刮目相看，同時他們夫婦也為自己營造出一兒三女溫馨甜蜜的六口之家，在當時並不算富裕的社會之下，他倆的成就的確是令人羨慕不已。在孩子們的成長中，人們發現傅勒夫婦對他倆的幼兒獨子尤為疼愛和期重，早就在心裡謀劃著將來是「子承父業」的打算。

兒子高中畢業後，在老兩口的極力鼓動和勸說下，兒子也聽命報考了牙科專業，幾年後也順利地如期畢業，接著又如願地拿到了牙醫執照。如果說到了這一步，傅勒夫婦已經實現了他們最初的願望，那麼接下來一個新的、更加美好的願望便在他們的心裡冉冉升起——他們期待並堅信兒子自會在父母創下的良好基業上必然會更上一層樓的，同時也篤信「傅勒牙科診所」會在兒子的努力下，必將有一個比前更為美好、更為燦爛的絢麗前程。

然而接下來兒子一連串的表現，不得不讓傅勒夫婦的這個願望很快就變得朦朧了起來，他們心懷忐忑地看到事情有些不大對勁兒，或者說事情並不像他們原來想像的那樣朝前發展。首先，老傅勒發現兒子在學校裡所學得的那套東西，與自已多年的牙醫經驗有些不合拍，於是便要求兒子改弦易策，必須沿照自已的那一套來辦理。豈知兒子對老傅勒的苦口婆心竟全皆不以為然，不僅如此，事實上在絕大程度上竟然適得其反毫不領情，並還不時地對父親發出譏諷之聲，這種叛逆不遜不知好歹的可惡態度，惹得老傅勒是既傷心又生氣。除此之外與此相關聯的，還有他父子二人在診所的相關設備與所需新配備上，也總是大異其趣，因此父子倆就衝突不斷。

面對著父親的頑冥和堅持，兒子居然採取了我行我素的態度，根本不理會老傅勒的意見，這也常常惹得老傅勒火冒三丈。父子之間的這種歧見與矛盾就與日俱增，親情的裂縫就越來越大，不消多久彼此之間的衝突便達到了白熱化的程度，終於在半年之後的一個長週末，那老羞成怒的兒子就當著父母的面前，一聲不吭地打點好自已的行裝義無反顧地離家出走。傅勒夫婦萬萬也沒能想到，他們當初一腔美好期望竟然會以這種方式來作收場。

他們實在是無法理解兒子這種執迷不悟違經叛道的行為，也更無法瞭解兒子為何面對父母辛辛苦苦所創下的家業竟然如此的毫不珍惜感到難以釋懷。獨子的憤而出走，這出奇不意突如其來的撒手鐧猶如向傅勒大夫投下了一顆原子彈，炸得這位老大夫差點爆出病來。在這種措手不及緊急的情況下，逼得傅家這兩老簡直束手無策，就在這別無他法萬念俱灰的無奈下，沮喪不已的傅勒夫婦在審慎考慮後，決定不再經營那個曾裝滿了輝煌的業績，裝滿了他們的辛勞，裝滿了他們的憧憬，最後卻讓自己的兒子給傷透了心的牙科診所，他們決定將診所盡快地轉手。沒料到這件事倒順利得有些異乎尋常，在轉讓診所的廣告打出去不久，就有一個有意接手的女士找上門來。

這個找上門來名叫薇娜的女人，她的經歷，多少有些和老傅勒夫婦相像。薇娜是菲律賓人，二次世界大戰爆發時，她還是名十八歲的在校學生。在馬尼拉的一次聖誕舞會上，薇娜認識了當時在美國駐菲律賓部隊的鮑伯・錢德洛中校，這位美籍義大利裔的通訊官，馬上就被這位充滿活力、天真爽朗的東方少女給迷惑得無法自拔，雖然這位少女只比自己的女兒大不了幾歲，但終究愛情的魔力是可以超越一切的。鮑伯就在接獲國內離婚證書的當天，便如願以償地將他的小新娘——薇娜・馬奎斯正式娶進家門。此後這位長她近三十歲的錢德洛中校，就像在栽培自己的女兒般，一路鼎力培育輔佑以協助她取得牙醫學位。只因在日後的漫長歲月裡，其間又因生兒育女以及多次工作調職遷居，以致拖延到兩個月前，薇娜方才如願地取得了在加州的牙醫執照，得以實現她的夙願。

當薇娜一取得加州的牙醫執照，就即刻買下老傅勒的牙科診所，其主要目的，除了為她三個快成年的孩子，事先打下日後的創業基地外，同時也是為她那年齡比自己大上許多且早已退休的老公——鮑伯．錢德洛老先生找點閒差，以紓解他寂寞難捱、獨守空屋的無助與煩躁之感。就這樣一個願買一個願賣，在老傅勒的轉讓廣告發出還去不到一個月的時間，這個牙科診所就這麼輕快地易手轉讓給了薇娜兩口子。

剛一開始，薇娜全家對這個診所的確傾注了他們全部的心血，幾乎是全家老少一齊上陣。薇娜當仁不讓地入主中堂，擔當起牙醫的重任。鮑伯則再度辭閒出山，負責起診所大小事務的統籌總管。三個孩子中明年就大學畢業的大女兒，任助理兼會計，兩個讀高中的兒子則盡其所能，利用放學後的空閒來到診所打工，其中一個負責接電話，按排患者的就診事宜，另一個專事病歷檔案的整理及貯存。就這樣，原本已經搖搖欲墜即將倒閉的牙科診所，就在薇娜一家人的努力下重現生機，且大有東山再起、繼展輝煌的良好勢頭。

哪知好景不長，在薇娜接手診所不到半年，就出現了一些令人不安的跡象。原先那股蓬蓬勃勃的勁頭先從兩個兒子身上開始消減下去，他們來診所的次數越來越少，最後彷彿上天入地似地居然不見了蹤影。接下來輪到了女兒。她雖然人在診所，但誰都看得出來已經是「身在曹營心在漢」了。她在工作中由起初的積極主動漸漸變成了消極的應付，遲到和早退也變得越來越頻繁，再不就是在上班的時間裡與朋友煲電話粥，一通電話打下來少則半個小時，多則數個小時。如果說一開始作為診所掌門人的薇娜還對此憂心忡忡，那麼在不長的時間裡，竟連她自已也變得倦意重重，並很快以當初接手牙科診所時同樣高漲的熱情，將自已的興趣轉移到學習飛行上面。她開始對診所的事情越來越冷淡，最後發展到常常缺班不至，使得這個牙科診所事實上成了一座「無神的廟宇」。在全家人當中，唯一對這個診所癡心不改的，就只剩下年老體衰的鮑伯先生一個人了。

那時我的地產公司和薇娜的診所相隔不遠。在那段日子裡，在診所值班的鮑伯經常來我公司，向我講訴他心裡的鬱悶和失望。幾乎每次見到鮑伯，我都能從他看上去無助的眼神裡窺視到他心裡的傷感。他告訴我，現在這個診所，事實上早已處於關閉的狀態了，他本人也只是出於一種情感上的留戀，才堅持留在診所裡值班。對孩子們來說，那個診所彷彿早已成了遙遠的記憶。而對薇娜她本人來說，也差不多就是如此。

記得有次鮑伯曾憂心忡忡地對我說過，由於他和薇娜相差近三十歲，可能與此有關，自結婚後就對她一直是寵愛有加，在各個方面都順著她。再者薇娜正值到了女人「四十一枝花」韶華不再的詭譎年齡，在她的身上，青春的朝氣不但沒有消失，反倒是越來越炙，越來越旺了，所以她雖已到徐娘半老的年齡，卻仍然會表現出來一些孩子般心猿意馬、喜新厭舊的易變個性。想不到這幾個孩子都像她，一開始時，薇娜爭著吵著要學牙醫，待到願望實現了，她又義無反顧地迷上了駕駛飛機的這個新玩意，居然想做個正正式式有飛行執照的女飛行員了。據鮑伯曾坦誠告我說，其實最叫他擔心的就是總也捉摸不定，猜不透薇娜的腦子裡又會在什麼時候生出什麼新的興趣和愛好來。

「嘿！就如前幾天，薇娜突然毫無來由的就隨著女兒一伙年輕人，駕車到優勝美地公園（Yosemite National Park）去登山露營去了，留話給我，說是最少也得半個月之後才能回來！」鮑伯苦笑著對我說，這是他決定轉賣診所前告訴我的最後一句話。

這不禁又使我想起了當初老傅勒先生他那個桀敖不訓的兒子來。雖然我沒能及時體驗出他們的心路歷程，或是親眼看到傅勒夫婦當時望著兒子出走時臉上的表情，但此時此刻面對著一臉悵然若失心力交瘁的老鮑伯，看得我心酸酸的實在過意不去，就此令我不難想像出，當年傅勒夫婦差不多就是這樣滿臉無奈而又痛苦的表情，真叫人看後百感交集，真是情何以堪啊！老實說來，他們也應當理解這就是美國，或者說這就是美國的年輕人，他們崇尚自由，喜歡無拘無束地生活，並認為這是天經地義的事情。在這一點上，新興資本主義的美國，與有著悠久歷史文化傳統的中國，就有著這極大的區別也呈現出強烈對比。

對絕大多數的中國人來說，子承父業是一件順理成章的事，子女們對來之不易的祖業大都抱著兢兢業業、恪盡職守的態度，否則即會被譏為「敗家子」而受到親人和社會的遺責和不齒。但在美國，這種情形就有所不同，他們中很大一部分為子女的，並不情願躺在家庭的產業上安享其成，除非這份產業的屬性與他們的個人興趣相符才有續繼祖傳家業的可能。

由上述牙科診所的一再轉手出售，就不難看出正是這種情形中的一個確實例證了。

美國夢

「美國夢」是包括中國大陸在內以及世上不少人心裡的願望和憧憬。在這些人們的心目中，所謂的「美國夢」就是得以安居美國飴享天年。在那些眾多前來美國「尋夢」者的當中，有的達到了自已的願望，也有為數不少的人在這個過程中徒負一身的疲憊和失望。只是不管在哪種情況下，大凡都有個明確不爭的事實，那就是這些人差不多都曾經歷了一番不同程度的艱辛與磨難，在這片異國生活的波濤中，有著不盡相同而又難以忘懷的掙扎、沉浮等的經歷。我的朋友莫瑞就是其中一個活生生的實例。

莫瑞木村原是我那家地產公司的老主顧。從他的姓名以及他那又瘦又矮僅及五米個頭的迷你男來看，定會毫無疑問地認定，他是個大和民族的純種東洋人。哪知到後來我才知道，這位有著日本姓名又貌似東瀛的莫瑞木村，竟然是咱們純純正正如假包換的炎黃子孫——從潮州遷來臺灣第四代的客家人！

其實莫瑞木村的本名叫牟正雄，當他於大學畢業後，就由他那當醫生的叔叔資助，到日本讀了幾年醫科，後來因交友不慎而觸犯政治禁忌，最後竟然嚴重到導致他護照被徹底註銷，弄得他不但回歸無路，甚至連他最基本的經濟支柱也一併遭到切斷，致使他的生計幾乎陷入絕境。後來幸虧得到一名當地律師出面鼎力相助，在幾經周折後方得以改籍換姓，竟然搖身一變，成了一名不折不扣的東洋客。莫瑞是七十年代初才輾轉來到美國，並刻意在洛杉磯日商匯聚的「小東京」處落腳，重新出發來編織他的「美國夢」。

當莫瑞初來時，正逢美國經濟衰退，即便是在號稱「天使之城」的洛杉磯當然也未能幸免。那時作為經濟龍頭的地產業，也像一個被戳破了的汽球似的，由先前的蓬勃紅火迅速地冷卻萎縮並急速下墜。就在這種形勢下，大多數商人對涉及房地產的生意，都會心生忌憚而退避三舍。但從小就會精打細算的莫瑞卻反其道而行之，他看準了洛杉磯是東方移民進入美國的入口首站，這個號稱美國第二大城的西部大都會，由於移民的大量湧進，對於房產的需求必然是有增無減，而且依他敏銳的判斷來看，不但是有增無減，而且還很可能是大有所需，甚至還會大到「供不應求」搶購恐急的地步。莫瑞就看準了這一點，即趁著當時經濟停滯不前之際，正是投資地產的大好機會。於是他很快地就與幾位建築界的朋友融資合夥，搞起了投資興建汽車旅館的生意。

他們刻意選在靠近高速公路進出口的附近，或是挑在當地一些著名風景遊覽區地帶。先是以低價選購土地，作為建築汽車旅館的興建地，並且盡量僱用當地墨西哥裔等外籍的廉價勞工以降底成本。然後再採取邊建邊賣靈活的招攬之術來吸引投資客。當一俟賣出獲利之後，便將營利所得立刻轉收回籠，作為再次投資的本錢，如此的一再重複投資形成良性循環。僅就幾年之後，這幾個合夥人已然在汽車旅館業上，奠定了深厚而又紮實的基礎。尤其當洛杉磯在爭取到一九八六年世界奧運會主辦權的那幾年，當地旅館的需求量呈現出爆炸性增長的趨勢，就讓莫瑞的投資集團紮紮實實地賺了個盆滿缽滿，居然一躍成為美西洛杉磯旅館業之龍頭老大了。當然就此便毋庸置疑，莫瑞便順理成章地青雲直上，晉身到富人之列，成了個身價百萬的暴發戶了。至此，莫瑞的「美國夢」可謂是真正實現了。

那一陣，正好我也在做房地產生意，所以和莫瑞經常有所接觸。對於莫瑞的個人形象，若與當時他生意上的鼎盛之勢相比，僅就他那邋遢不堪，甚至有幾分喪魂落魄的意味，就讓人感到真有天壤之別。他的頭髮經常總是都是亂蓬蓬的，乾瘦的臉頰上泛著蠟黃，一對不大的三角眼，彷彿永遠沒有睡醒似地惺忪著。而且他說話的聲音既輕且細似乎中氣不足，聽上去就像是遠處一只蜜蜂的低聲嗡鳴，若不豎起耳朵來屏息凝聽，簡直就不知所云。每次來談生意時，他似乎永遠穿著那件長袖白衫，還把個衣袖直倦到手臂肩上，而且襯衫頂扣，不知是忘了扣住還是釦子沒了，總是敞開著。再看他的下身，似乎也是永遠就那條鬆垮得不行的灰色長褲，看上去總叫人感到即不清爽也不得體。除此之外，莫瑞還有一個令人生厭的壞習慣——他總是遲到，而且遲到不是一時半刻，也不是一、兩小時，而是整個上午或一個下午！

當時莫瑞像大多數投資客一樣，四處探尋待售地產的詳細資料，有時也會到我的公司來洽談有關生意上的事情。第一次與他交手，莫瑞就在我的記憶裡創造了一個奇蹟——他比預約的時間足足晚到五個小時！在資本主義的美國，按時赴約是一個最基本的常識，也是一個最基本的準則。而這個準則在美國的商界更是倍受重視，哪怕一次的遲到，都可能帶來喪失永久信用的惡果。尤其是在金融、地產界，時間的遲早與投資的賺、賠之間，存在著密切不可或分的關聯，因此「按時赴約」就成為商界內一項不成文的「金科玉律」。就因有鑒於此，故而在一些購產合約書中常常可以看到「爭取時間」（Time is the essence）這樣特別注明的字句。

我還記得，那是在八〇年代一個炎熱的夏天，他和我約定在次日早上十點正準時來我公司會談。第二天一早，我就把相關資料準備得齊全完整，然後在辦公室裡等候他的到來。已經過了十點，他並沒有按時赴約，接下來時間就這麼一分一秒的慢慢滑過，幾個小時過去了，仍然見不到他的身影。說實在的，像這種幾個小時爽約的情況，我以前還真沒遇見過，而且他竟連個最基本的改約電話也懶得打來！一直到了下午三點多，接待員才告知說莫瑞已到，並要求立刻與我會面。

那時，洛杉磯七月天的下午，正是艷陽高照酷暑逼人的天氣，室外的溫度直趨飆高竟上達華氏百度之譜。由於莫瑞的無端爽約，我當時心裡的火氣恰如那炎熱的氣溫一般，因此在見面之初，對這個簡直稱得上「可惡」的莫瑞可謂是冷若冰霜，甚至差點就嚴詞質問了。可這個莫瑞一進到辦公室後，便即刻低聲細語地向我道歉，其態度之謙卑語句之誠懇，令我的怒氣當即消解大半。當再又見他一幅讓人憐憫的疲憊之相，不覺間心裡就湧滿了諒解和同情。之後和莫瑞的接觸中，類似這樣的情況還發生過幾次，使得我對莫瑞「蹣跚來遲」的惡習留下了深刻印象。

其實莫瑞此趟來公司約談，倒不全是為他自己，而是想邀同他國外的舊友來此同炒地產共襄盛舉的。在兩小時的會談中，僅就專注他如蚊般的細語，就已聽得我神精緊繃心力不繼了。可這還不算，其間又見他哈欠連天持續不斷，直打得連我也感染上了，雙方就在彼此的哈欠持續之下，均顯出精神不濟身心俱疲之狀。然而其中最讓我不解的倒是他一個遲到大王，竟在重要的討論會中卻頻頻看錶？基於職業的經驗與禮貌，就令我不得不主動開口探問了：「莫先生！你是在趕時間嗎？還是……有什麼事能為你效勞？」我邊試探邊又小心翼翼地看著他那張略顯焦慮的面孔。

「喔！都快四點鐘了！」只聽他操著潮州的客家腔，輕聲回道：「呵呵！我們得馬上趕去接孩子——」他邊看錶邊緊張地站了起來。

「我——們？」我不禁張大了眼緊盯著他，張口結舌得幾乎說不出話來。

「喔，喔！我和太太一早就開車出門，先是送兩個女兒上學，然後再陪太太去醫院看診。呵，太太現在還在車上等著。」莫瑞一面搓著手，一面既靦腆又無奈的看著我，聽後真把我嚇了一大跳。

「啊呀！我的天啦！這麼個大熱天，為什麼不帶她進來？」我氣急敗壞得幾乎對他吼了起來。

「唉！她，她不太方便……」莫瑞底下頭囁嚅地回道。

我沒等他說完就起身隨他趕到車旁，一方面是為感念他妻子能不畏盛暑，甘守在車內近兩個小時，另方面也是基於禮貌及職業上的考量。因就一般而言，妻子在投資置產上，一定會有關鍵性的影響力，同時也是位最能左右買賣成敗的重點人物，基於這一點，當然就必須對她關顧得體，絕不能讓她有任何輕忽或怠慢之感。

「Yoko，Yoko。」莫瑞邊打開車門，邊用日語朝車內連聲呼叫，這時只見豐田車裡狹小的後座上，竟還躺著一個人，一聽喊叫，即見位中年婦人聞聲緩緩爬起，但見她不但是頭髮蓬亂而且面帶些許的驚恐，更多的則是滿面羞赧地看著我。

「嘿！這是我太太，Yoko Suji，她是日本人，中文名字是凢淑琴，你就叫她淑琴。」莫瑞話還沒講完就見淑琴連連打了幾個哈欠，就像是還沒完全醒轉過來似的，然後她對我淺淺地一笑，又再點了點頭，算是很簡便地跟我打了個招呼。這時莫瑞露出一臉尷尬：「呵！她不會說英語。」趕緊對我說明，然後在點了點頭後就驅車快速離去。直到後來我才得知尤淑琴的不幸遭遇，不過這是後話。

話說正當莫瑞的「美國夢」做得正得心應手大發利市之際，卻不幸應驗了我國古諺「人無千日好，花無百日紅」的魔咒，不詳的陰影竟悄然向他襲來。先是他與公司裡別的股東之間鬧出了官司，搞得他四處奔波窮於應付。繼而他的家庭又發生了一件大事，差點鬧出一場牢獄之災不說，更在他原本安詳平靜的家庭生活裡，無端掀起了一場駭人風暴。

原來在不久之前，尤淑琴的右耳處長了一個蠶豆般大的小肉瘤，經醫生診斷說是須開刀割除。按說，這只是個微不足道的小手術，但因洋醫生不諳亞裔體質，在手術過程中施用了過量的麻藥，其後果竟導致尤淑琴全身肌肉癱瘓。弄成個似中風般「半身不遂」的廢人，這真是「福無雙至，禍不單行」竟全都落到這家人的身上。

莫瑞對於妻子被誤診的事實確實無法接受，他無論如何也想不通，一個正常健康的中年婦女，僅只割除一個耳後的小肉瘤，居然醫成個不能行動的殘疾人。這個可怕的事實幾乎將莫瑞一家人擊垮。原本就已憤憤不平的莫瑞，後又經他律師的一再教唆撮合下，他欲以「醫療誤診」之名向醫院提出巨額賠賞，否則將向法院提出控訴。依理，這樣的索賠理由是可以成立的，但想不到中間卻又出了個大岔子，不想這家大醫院也不是個省油的燈，院方則以「偽造文書及欺詐保險金」的兩項罪名提出告發，來對抗要挾。

事情是這樣的：本來在手術之前，醫院最先開出的醫療估價單是二十萬美元。莫瑞夫妻倆一致認為這項割瘤手術本就沒有什麼太大的必要，因此就對眼下如此之高的醫療費，毫不思索並決定立刻放棄，不再準備做開刀的打算。其實他們之所以做這個決定，還有另外的理由，一是此前莫瑞因為生意上的官司，在基本上（至少是暫時）已喪失了經濟來源，手頭資金已成拮据狀態。另外，按他們所投保醫療保險的種類來計算，尤淑琴的這二十萬元醫療費只能承保一半，也就是說，在這個手術中，他們自已必須承擔另外一半費用，就是十萬元的自付費。就在醫院的誤導遊說，及他自己的情急之下，莫瑞竟然鬼迷心竅，居然膽大包天地將那張二十萬元的手術費單，擅自竄改成四十萬元。他的用意自然再明顯不過——這樣一來，他們自已便不用再掏一分錢。（不過據莫瑞後來回憶，當初醫院為了攬下這筆生意，曾暗地裡唆使人對他進行遊說，縱容他竄改醫療保單上的費用）。

因此當尤淑琴的手術失敗後，面對著莫瑞的質疑，醫院便把他擅改醫療費單據的事情端出來做要挾（像擅改醫療費用這樣的欺詐行為，是刑事犯罪須坐牢的）。然後醫院向他提出雙贏條件，就是建議雙方都偃旗息鼓不再相互糾纏，以來做彼此相互解套之用。最後在雙方律師的協調下，莫瑞只好心有不甘地接受了這個意見。但接下來那家缺德而又無義的醫院，就在莫瑞一取消索賠和控告之後（保險公司得知真相，願據實賠十萬），竟仍然就以那保險單上所填寫的四十萬元手術費，來向莫瑞提出追討。這讓本來就身陷金融困境的莫瑞，有如雪上加霜，自然是拿不出這筆巨款來的。於是被那家醫院以「拖欠賬款」的罪名告上了法庭。此時的莫瑞除了真正嚐到「啞子吃黃蓮」般哭笑不得的苦衷不說，更還遭到「賠了夫人又折兵」的不濟慘境，真是平白無端地又為自己多添了一樁官司。

俗語說「屋漏偏逢連夜雨」。就在莫瑞焦頭爛額之時，又發生了另一件的無妄之災。莫瑞在投資的鼎盛時期，他以獨資方式，也為自己買了一處汽車旅館，為了省錢，他聘用了個外籍經理，而這個中年的俄裔經理，就趁著東家官司纏身無暇顧及之際，竟然擅自以半價將這家旅館快速盜賣出售，並在事後即刻捲款潛逃出國，回到與美國並無邦交的共產國家。

豈料莫瑞又因這件盜賣地產案，立刻又牽扯出另件意想不到的案外之案。按照美國的相關法律，變賣產業的獲利人，必須向政府繳納相應的稅金。而由於那個外藉經理已經攜款潛逃國外，因此這筆稅金得由莫瑞自已來全盤承擔！自此以後，國稅局那十萬火急的催帳討債電話，以及那如雪片飛來的存證信函，都似排山倒海般地接踵狂撲而來，幾讓家人接到手軟；同時他還不得不硬著頭皮，頻頻在郵差送來那些成打的「存證信函」（Certified Mail With Return Receipt）上簽字畫押。更嚴重的是，由於莫瑞的支票帳戶早就遭到國稅局的扣押凍結（Frozen Account），最後竟導致他無法支付日常的生活開銷。為此，他只得經常跑來公司找我，由我開支票先行代付諸如水、電、煤氣、電話等諸項開支以便應急。

最後，身陷債務重圍的莫瑞，不得已採取了逃避的辦法，他求我盡快為他尋覓新居。兩個月後莫瑞如願搬進了新居，他兩個尚讀小學的女兒也由我的出面，隨之辦好了入學手續。至此，不但是莫瑞本人，就連同我這個朋友也期盼著他從此可以——那怕是暫時的也好——避開那種日日擔驚受怕、刻刻提心吊膽的環境，以能過上一種不受干擾的平靜生活。

然而事實證明，這些想法都是一廂情願的不實妄想。

就在莫瑞搬至新居後不久，有天清晨，我忽然接到他緊急求助的電話。他在電話裡並沒有說發生了什麼事情，只是用急促的口吻要我立刻趕到他家裡去。半小時後，急如星火的我駕車抵達莫瑞的新家。連按了三次門鈴，家門方開，只見莫瑞一副疲憊不堪，滿面愁容地出現在我面前，看得真會為他掬出一把同情之淚來。

「怎麼啦？到底發生了什麼事啊？」我邊進門迅速地左右探看，邊又輕聲急問。這時，只見他邊朝我使個眼色，邊又用食指立刻堵在唇上，輕輕地「噓」了一聲，然後神秘兮兮地對我耳邊悄聲說：「小聲一點！」再兩眼機警地向左右一望，然後以更小的聲量耳語道：

「國稅局的討債員，早上八點就坐在我客廳了。」說著我已被引進客廳，果然一位面目嚴峻的中年白人婦女正經八式地穩坐在沙發上，一見我進來，就連忙拿眼把我從上到下扎扎實實地打量了一番，兩眼如勾般地直盯著我：「你是莫瑞木村的什麼人？」聲音既犀利又冷漠，令人聽得為之一懾。

「噢，噢！她是我的朋……」莫瑞的回話還沒來得及說完，就被那惡婆娘給打斷了。

「誒！我——在——問——她，並沒有問你！」討債婆頤指氣使地擺出幅官架子，一字一頓橫眉豎目地把莫瑞想要講的話全都堵了回去，之後再轉面朝我逼視了過來。

「不錯！我是莫瑞木村的家庭友人！」我理直氣壯地回道。

「那好！這位木村先生認為妳能替他送孩子上學，嗯？妳現在就可送她們去學校，送完後就不用再回來這裡，我的話你聽清楚了嗎？」討債婆話才剛說完，就見莫瑞的兩個女孩兒米婭及梅子，兩人相伴怯生生地從客廳另端走了過來。

在去學校的路上，八歲的大女兒米婭才告訴我說：「今天早上我們正準備要出門去學校，一開門就被那個女人當場趕回客廳，還把媽媽從床上也叫了出來，大家就只能坐在客廳裡，誰也不准說話，誰也不准離開，連上廁所都要先告訴她。來的電話也都由她來接，爸爸被她問得很不高興，也很生氣，爸爸想送我們去學校，那個女人也不准，然後學校老師就打電話來了，打了好幾個電話喔，然後那個女人才接電話，才准爸爸打電話找妳……」

真想不到，國稅局的討債員，居然有這麼大的本領，簡直可媲美大偵探福爾摩斯了！竟然能追債都追討到二十里外的新居來了！按國稅局的相關規定，討債員是可以對莫瑞家庭裡的所有成員進行強制性的封鎖。當時那位討債員，就將莫瑞一家大小四口人，全都趕到客廳裡由該稅務員當下監視看管，也就是必須做到既不准欠債人及其家族成員四處走動，也不允許他們對外打電話，更不准許任何人外出活動。甚至連莫瑞數次的懇請，想送孩子上學的要求，全都遭到嚴正拒絕。於是在極端無奈之下，經莫瑞三番四次的苦求，終於爭得女討債員的同情，才在她勉強的許可下，得以打通電話找我將他的兩個孩子送去上學。

大約是在半年之後，我在辦公室再次見到莫瑞先生。他是來探詢有關地產投資訊息的。交談中莫瑞告訴我，因為眼下他還是官司纏身，實在無力來養活妻小，因此他已經同妻子辦理了離婚手續，並在上週托請前去日本的友人，就便將妻子和兩個年幼的女兒伴送回她北海道的娘家去。

說話間，莫瑞的眼裡閃顯著一絲晶瑩的東西。但我注意到，他臉上的神情卻並不像我想像中的那般頹廢，而且透過他的言談舉止，一種剛毅和樂觀的情緒竟然依稀可辨。看來他並沒有被人生路上的艱難困苦所壓倒，或者換句話說，在他的心裡，「美國夢」那盞耀眼的燈，並沒有被人生之旅的風風雨雨所熄滅。

說來也真有些奇怪，以前他在生意場上縱橫馳騁盡顯輝煌的時候，其個人形象卻往往顯得落魄不堪。而此時此刻的他，當面臨人生的重重坎坷，在曾受過生活中的驚濤駭浪之後，這個迷你身材的中年人，反倒表現出一種英氣煥發的姿態來。對此我真是即驚訝又高興，甚至還生出幾分感動的情緒來。

喔，那個既在眼前又似遙遠的美國夢，那個既有湖光水色又有狂風驟雨的美國夢。

法院見

「法院見！」（See you in court）

在美國，這是經常可以聽到的一句震撼人心、令人不寒而慄的惡言聳語，也是句叫人膽戰心驚、啟發寒蟬效應的最佳警句，即便在日常的生活之中，一旦聽到這句極為忌諱叫人毛骨悚然的唬人赫語時，便令人有了如敲起喪鐘及將有大難臨頭等的不詳之預感出來。

美國是一個法治國家，可以說上從國事爭端，下至鄰里糾紛，一切都可以、甚至還必須通過法律的途徑來解決。比如鄰里的狗吠攪擾了你的正常休息，比如鄰居庭院裡的樹枝越界伸到了你的屬地，又比如鄰里長期疏於整理庭院，而影響到周邊的衛生環境，甚至連鄰里間的夫妻吵架，發出的噪音這等的事情，都可以作為正當的理由來交由法庭去處理。對於上例所述的告發過程，在一般的情況下是先行報警，如若對方當事人不服或者仍然不加改正，那麼接下來往往就會聽到本文開頭的那句如夢魘般揮之不去的詛咒言語——「法院見」了。

不過在一般的實際生活中，訴諸法律的事情，往往更易體現在經濟的領域上，或者說更多地發生在金錢爭議的方面上，其中包括商業欺詐、拖欠賬款或者是借錢不還等等。在這些經濟領域的糾紛當中，又以欠繳房租為最頻繁也最難調停。只是在這方面，雖然沒有什麼明文規定，但一般來說，審理此類案子的法官們，大多會對房屋的租客表示出不同程度的偏坦，這幾乎成為一種普遍的現象。個中原因，可能是法官先生們在主觀上認定，相對房主來說租客總是較弱的一方。所以在司法實踐中，除非租客有著明顯而又無可辯駁的違約事實確切存在，再或者是除非房主手中握有這些無可辯駁的違約確實證據，否則房主的控告大約十有八九會得不到法官的支持。

同情弱者既是人類的善良天性也是法理的基礎所在，這自然是無可厚非之事。但在另一方面來說，由於法官明顯的主觀偏坦，以至於在實際生活上，往往也會使得某些租客產生出一種有恃無恐的心理傾向，雖然就一般而言，這種傾向只是在少數的租客身上體現出來，不幸的是我讀大學時的室友曉玲，幾年前就遇到了這樣一場既勞心又傷財的難纏官司。

曉玲夫婦倆都是從臺灣來洛杉磯深造的留學生，在他倆雙雙拿到學位後，再又經過幾年的努力與打拚之下，他們終於能在這個異邦國度正式的定居了下來。夫妻倆除了有能力購得了一處自用住宅之外，並還有實力以投資的方式，另購得了一處含八單位的小型公寓作為出租及將來退休養老之用。哪知，卻因此而與人鬧上了法庭，弄得他夫婦倆灰頭土臉不說，並還為此付出了相當不菲的代價，同時也讓他倆得到了個終生難忘的切身教訓。

這場無妄之災的租贅官司，起於該公寓樓上最左邊的那個邊間單位。租住在該單位的房客名叫安吉娜•馬丁，是位身高體胖的黑人婦女，她有張黑亮肥胖的大圓臉，長得就跟美國昔日電影「老黑爵」片中那南方採棉婦是同個類型，兩排可媲美黑人牙膏的白齒，整整齊齊地露在她翻而厚的嘴唇裡，說話時經常會冒出幾句宗教術語，譬如「神愛世人」啦或是「上帝護佑你」啦。

安吉娜在申請租屋時，她開宗明義的第一句話就是向屋主宣布，自己不是什麼普通人，而是位有德行有社會地位，既愛上帝又愛人們的傳教士（Missionary），使得曉玲一開始就對她那滔滔不絕的口才留下了深刻的印象。待稍後的面試及審查她身家背景時，安吉娜豈僅只是能說善道？簡直就像是在對屋主傳教佈道了起來。她先用充滿自信而平和的語氣，以及她親切大方而又坦誠的態度向曉玲表態。之後在言談之中，她不但義正詞嚴地評論時疾陋政，並還能設身處地的體念房東難為的困境。尤其是最後她那句知書達理的感性話語，就不是一般常人所能體會得到的了，事實上簡直就是一針見血點到曉玲的心坎上。就此，讓她立刻贏得了曉玲更多的好感。至使曉玲竟毫不猶豫便同意她入住公寓的請求。而萬萬也沒能想到的卻是，安吉娜這些讓她信賴的先決條件，居然竟是日後引發出那場將曉玲折磨得精疲力竭恐怖官司的源頭。

在安吉娜入住公寓三個月還不到，問題便開始一一的出現了。剛開始時，她抱怨屋裡冷氣機的效果不好，厲聲疾色地要求曉玲馬上解決這個問題，否則她不但將拒交當月的房租，而且還發出震撼人心的警語——「法院見！」

曉玲一聽她言辭這般嚴峻，而且行動又是這般的驚悚積極，當然就不敢有絲毫怠慢，即刻就找來技工為她屋裡的冷氣機進行維修調整。但是在她試用過後，還是認為效果不好，沒能達到她所要求的標準。於是曉玲便再次又把工人找來做進一步的維修，如此一連的幾次三番下來，這位信仰主耶穌的女傳教士，仍然是不依不僥總不滿意。最後她干脆提出要求換一個全新的冷氣機，說是她已經忍耐了這麼久，再也不能容忍這臺老是修也總修不好的「爛貨」，必須馬上換臺新的，否則她就要以「殘酷、不人道的生活環境」舉報，直接上告到當地的衛生局，再不就又是那句說慣了的口頭禪——「法院見」了。

事實上，曉玲明知安吉娜的要求是強詞奪理，但一方面為了息事寧人以免節外生枝，而另方面也是從雙方相互寬諒的角度著想，最後還是如她所願，為她裝了一臺全新的冷氣機。豈知這一波剛平又另一波再起。新的冷氣機從裝妥還不到幾天的功夫，曉玲又接到這個敬神又愛人的傳教士打來緊急電話，告知她的洗碗機漏水了，而且通知的語氣同樣是咄咄逼人完全不容置喙。

曉玲聽後哪敢怠慢，馬上找到一家信譽較好的水電公司前去處理。但接下來意想不到的事情卻發生了：當公司派去的那位技術工人，按約到達安吉娜的房間門口時，卻被這位口口聲聲就是「神愛世人」或是「上帝護佑你」的女教士，竟毫不留情也極其蠻橫地擋在門外。理由居然是她作為一名「非裔美國人」（Africa-American），一向對墨西哥人（Mexico）的人品不具好感，因此對於墨裔的技術更是難以信任。

曉玲對安吉娜這位女傳教士的無理行徑，不但感到極為詫異，同時也很難認同！試想，她安吉娜本人也是美國社會中的少數民族之一，竟然會對同樣為少數族裔的墨西哥人採取如此歧視的態度，更何況她本身還是一名以替天行道為根本宗旨的女傳教士呢！

曉玲按捺住心裡的不快，也先後幾次對安吉娜做好言相勸，但最終有如對牛彈琴般絲毫不起任何作用。最後，安吉娜竟然自已提出了一個對該事件的解決辦法，那就是由她本人去找位合格的維修工人來處理，曉玲只得再次抱著息事寧人的想法，同意了傳教士這個近乎無理的要求，至到此時，方才把水電工的這檔子事擺平。但使曉玲意想不到的卻是，接下來的日子裡，這位黑人女教士更是食髓知味了，她既沒有「息事」的心意，更沒有「寧人」的想法，而且打給曉玲的抱怨電話居然是越來越多，也越來越頻繁了。

從那以後，她不是今天抱怨冰箱的馬達聲音太大影響到她的休息，就是眼下廚房的絞碎機功效不良妨礙到衛生，再不就是浴室的排水不夠暢快，害得她在每次盥洗後耗費太多時間，甚至就連抽水馬桶的沖刷力她都嫌太弱，認為不是設備有問題就是水壓不夠，令她如廁時總是提心吊膽，怕沖不乾淨……等等。成天她就是這麼口中一直不停的碎碎唸著，再不就是沒完沒了的對著曉玲抱怨連連。

此外，她似乎也察覺出曉玲是個膽小怕事而又是個不喜與人糾纏不清的人。於是此後每次在電話裡，安吉娜總是帶著一種居高臨下斥責、恐嚇般的口吻，彷彿曉玲這個房主倒成了她手底下一個可以隨意驅使的婢女。每當曉玲忍無可忍地回辯幾句時，安吉娜不是馬上就會雷霆大發，或者動輒就口出威脅，說要將曉玲提告到「房管處」去，再不就直接了當地丟下那句撒手鐧的狠話：「法院見！」安吉娜可不是那種嘴上說說就罷休的人。接下來曉玲發現，這位製造麻煩的房客總是隔三差五便會以各種不成理由的理由，開始扣除應繳房租的數額，而且所扣的金額是越來越大，款額居然大到最後，差不多快等於白住了！

對於安吉娜這種沒完沒了的糾纏，使得曉玲終於意識到，安吉娜的本意根本就是「醉翁之意不在酒」，講白了就是不想交房租，居心就是要白住罷了。這對純以收租為主的曉玲而言，著實構成了他們夫婦在投資上的極大難題。此外除了惡意壓扣房租不說，她安吉娜還常常會藉修理之事，行欺詐之實，尤其是她三天兩頭就有東西得修，而又在裝修整頓後不久，同樣的毛病又很快地再次紛紛重現，於是為她再補修、重修、甚至從頭來過，或是乾脆將之全套換新之後，竟然問題還是這樣層出不窮，由此她就可藉機達到拖延甚至剋扣房租的目的了。安吉娜這種拿歪找碴的本領及她擅長以「法院見」的要挾把戲，氣的曉玲夫婦咬牙切齒，真是恨不得想立刻將她驅離走人，永世拒絕再見。

不久之後，當曉玲得知另外一些事實，就更是讓她看清了這位自稱品高德劭的傳教士之用心了。原來安吉娜一再堅持要由她自己去找的那個修理工，居然不是別人，竟是她自己的兒子！顯然，她之所以對租房內的裝備一再的百般挑剔，其真實用意，擺明了就是想為她已成年的兒子——摩西・馬丁，藉此攬斂錢財而找出的一些藉口罷了。況且，曉玲還從別的租客那裡得知，這個安吉娜竟在未得房主曉玲的同意下，公然將兒子摩西徑自接進屋裡同住，並還明目張膽地在這兒住了蠻長一段時間。這種未經房東許可而私自入住的行徑，在租賃法上是種嚴重違約的犯法行為。對於馬丁母子這等惡行劣跡，直氣得曉玲夫婦火冒三丈都義憤填膺了。及待當面質問之下，他母子倆還理直氣壯並異口同聲道，這全都是為了協助曉玲而來的，其一是有了他母子倆分擔的租金，就能按時交繳房租免得曉玲煩心。其二就更是為著協助曉玲而來，因為有摩西在此居住，曉玲就有了一個能隨叫隨到的在地修理工人，如此一來，曉玲就不必再花時費力的向外去找尋工人了，況且僅就他們現住的單位裡，就有許多修補工作極待處理……曉玲聽後直氣得一時語塞，憤怒到幾近抓狂的地步了，然而事情到此還未完結。

幾天後，曉玲自己竟又發現，這女傳教士暗自在她屋裡偷養了一隻毛色灰不溜丟的哈巴狗，這同樣又是件違約行為。且先不說這隻鼻塌貌醜的老狗，總是咿咿唔唔晝夜不分地亂哼個不停，在牠連續製造噪音之下，的確影響到四鄰租客們的休息與安寧。而最可惡的則是這隻非法的偷渡狗，在牠終日挺屍的陽臺上，一旦發現有租客進出庭院，牠就會立刻對準過客張牙舞爪兇相畢露並開始狂吠不止，使得一些生性怕狗的租客和小孩們每每驚恐不已。

與此同時，安吉娜拖欠房租的把戲不但還在繼續地上演著，並更還愈演愈烈。按照美國相關的法規，如若租客無故拖欠房租，房主可向其發出催租信函「Notice To Pay Rent Or Quit」，大意是在三天之內須繳足所欠全部租金，否則就必須自動搬離所租居所。安吉娜想必早就知道這些法規，但她對曉玲的催租信函卻採取了「一橫二拖」的辦法。只要她一接到曉玲發給的這類限時催繳通知，她慣常的手法就是自己先不出面，僅就指使她那個體格魁梧、狀若足球隊前衛身材的兒子即刻亮相。而這位傳教士之子，是個剃了光頭有著他母親般肉團圓臉的年輕人，他上著黃色香港衫，前三、四顆鈕扣都沒扣上，在敞開的胸前露出條銀色項鍊，其下卻吊著片透明壓克力的粗製十字架，予人有種既滑稽又突兀的感覺。一俟曉玲出現，就馬上嬉皮笑臉地遞過錢來。

事實上按催租文件上之規定，應訊而來是應繳足所欠的全部金額，然而當曉玲清點繳來帳款，居然還不到所欠金額的一半，曉玲當然是不可能會答應的，否則不但前功盡棄，並且如此一來，欠租又可以繼續無窮無盡地拖欠下去。正想退還的當兒，那原本一派神聖如牧師的摩西，一忽間模樣驟變，成了隻搖尾乞憐的哈巴狗。表情速變之快，直可媲美川藝之「變臉」特技。當曉玲將錢款退還給他時，這時摩西一面立馬舉著胸前吊著的十字架對著曉玲搖晃，一面又將退回的鈔票又再推還到曉玲手邊。

「曉玲小姐，曉玲小姐！」他一邊大叫，一邊還舉起右手如在宣誓般的盯注著曉玲：「別急，別急！再等一、兩天，我明後天一定會把餘款送來！」只見曉玲聽後悶不吭聲，一副不為所動的樣兒。摩西一看，知道此法不通未能得逞，便開始秀出他那耍橫使賴的拿手本事來了。

「曉玲小姐！妳聽我說，請聽我說……」急得他對著曉玲大聲疾呼：「我們是信基督信上帝的人，嘿嘿！我們是不會說謊的，更不是會騙人的人喔，只是目前就只有這麼多。嘿！等我明後天拿到薪餉再補給妳就是了，妳犯不上這樣對我——否則——」瞬間他一反前恭後倨之態，咬牙切齒地吐出這些令人驚駭的言詞，再加上他那双暴出似銅鈴般不斷閃爍的大黑眼，威脅恐嚇之態就不言而喻了。

曉玲邊聽他胡謅亂喊，邊凝視眼前這位取名為「摩西」的傳教士之子，想著他母子倆都同樣有個「名實不符」的大名，也都開口閉口就把「神、基督、上帝」一嘟呼嚕地都嚷了出來，而實際上卻盡做些損人利己的不法之事，這大概就是此位傳教士及名為「摩西」的寶貝兒子慣常欺詐、唬人的不二手法和技倆了吧！？一想到這兒，曉玲心下突然感到既好氣又好笑了起來，不覺心內自語：「呵！你還名叫『摩西』呢！多麼諷刺的名字啊！」

如果說上述他母子聯袂的拖延戰術及欺騙行為，只是令曉玲在金錢方面受到嚴重的損失而已，那麼到後來的這幾個月裡，他母子倆共同拿班作勢的威嚇恐脅，就直接危及到曉玲一家子的人身安全了。

直到後來他們發現曉玲有意要找她母子去「法院見」了，安吉娜母子倆這才即刻收斂起他們平日慣使的唬人恐嚇技倆，而這一向總在人前傲氣十足的女傳教士，就此及時見風轉舵，此後只要一見到曉玲，她馬上就頓足捶胸低聲下氣向曉玲一再發誓保證：「只要再等幾天，就一定會將所欠的租金一併全部補齊。」可擺在眼前的卻是一切依然如舊，任憑曉玲望穿秋水，甚至快打爆電話線，卻總是找不到他們母子倆的蹤影，當然就更別提會來補交欠款之事了。

如此這般，一拖就大半年都過去了，這位虔誠信主的安吉娜女教士，她所欠的租金總數加起來已超過五千多美元。在這種情況下，飽受安吉娜折騰之苦的曉玲，終於深刻地意識到，這次是該由自已正式向安吉娜提出「法庭見」的時刻了。而且曉玲決定不但要索回安吉娜所欠的全部租金，並且還要一勞永逸地將她母子倆，連同那隻同樣製造麻煩的惡狗，一併逐出公寓，並痛定思痛立下了決心，就是以後再也不能僅憑直覺或頭銜來擇取房客，而是要確確實實地憑信用調查來做篩選租客的根據。

至於追討欠租之事，按美國法律，凡追討金額超過五千元者，必須經由專業律師來執行，然而美國民法卻對租客權益的保障，真是做到面面俱到、處處袒護之職。比如房東不可自行驅離房客，不可在未經租客同意的情況下私自改換門鎖或者切斷水、電、瓦斯等日常生活所需，更不可做出些諸如將房客的東西私自搬到戶外等「違反人道行為」（Violations of Humanitarian）等等之事。假若房主違反了上述相關規定，極可能會為自己惹上一場既麻煩又破財的「鐵輸官司」。鑑於租賃法這些袒護租客的規章，以及安吉娜她母子倆均熟稔法律上這些確保房客權益等的惡例陋規，諸多的這些事實就不得不令曉玲下定決心，此次要想趕走她母子，若非由專業律師是絕對無法實現的。於是當下就找到該地一家專以驅離房客為主業，且又是間規模最大的律師樓來承辦，幾天之內就把一切相關而又複雜的手續一一辦理妥當。兩週後，曉玲便接到法院寄來的出庭通知，日期為三週後的禮拜五早上九點。

那天早上八點還不到，曉玲就裝扮整齊，帶著所有的相關文件急匆匆趕來法院。曾有人說，在美國費時找個停車位，比在路上開車所花的時間還要多。這話雖有些誇張，卻也在一定程度上說明了美國交通的特點和現狀。而這個特點在公共交通系統相對不發達的洛杉磯就表現得更為突出。當時，法庭前面那比足球場還大的停車區，早已停滿了各式各樣的車輛，曉玲開著車慢慢轉悠著，足足費了至少有二十分鐘，才找到一個靠近路邊拐角處才有個可以停車的空位。還真是令人想像不到，竟連週五一大早，就有這麼多人前來法院申討公道，美國的確是個不折不扣以法治為本的民族國家。

當曉玲快步擠進法院大廳時，廳裡早已為接踵而至的群眾擠得水洩不通，再放眼向盡裡望去，竟然裡面的走道上也站著許多人。一時只見屋內人潮你來我往地持續不斷，有東張西望的，也有竊竊私語的，更有張皇失措見人便攔，就地打聽的，人聲吵雜混亂，就像是進到個人氣鼎盛的市集裡一樣，各式各樣不盡相同的普羅大眾群聚一起，將個偌大的前廳塞得滿滿當當。個中有西裝革履的紳士，也有端莊嚴謹的淑女、當然放浪形骸的辣妹以及衣裝不整的市井小民，全都聚集一堂。雖然這些前來對簿公堂之人，都是些形形色色各個不同之人，但一眼看去，他們竟都有著一個共同點，那就是人人面色凝重，個個神情緊繃，有些人甚至因神經緊張過度而坐立不安，還有些以來回走動的方式，以紓解自己慌亂不平的情緒。

曉玲一方面為安撫自己忐忑不安之心，另方面也是為了想讓那從未謀面過的律師，按他日前電話中所約定的會面方式，以便能在一進院門就能看到自己，便逕自揀了張面朝正門的長椅上坐了下來，引頸期盼著律師的到來。

看看大廳上的掛鐘已指到九點，是該出庭的時候了，但卻不見律師的人影。這時曉玲才發現鄰坐的一位白人老婦，以及同排坐著的另幾位人士也都跟自己一樣，正襟危坐地緊盯著大門入口處，似乎都在焦心地等待著什麼似的，於一問之下，原來有幾位也包括曉玲自己在內，都是在此等著與自己聘請的律師會面的。因此只要一見西裝筆挺的男士，或是衣著正式的職業婦女出現在門口，就會立刻引起在坐幾位人士的一陣騷動，大家都跟著緊張了起來，都還以為是替自己出庭的律師來了呢，於是趕緊打起精神睜大眼睛等著相認，有的甚至還迫不及待，慌得趕緊站了起來，更有的竟沉不住氣，連忙迎了上去，但在律師唱名找人之後，往往叫的都不是自己，結果都未如願又都失望地回坐了下來。

就這樣連續了兩三趟後，鄰座的白人老婦，竟忍不住跟曉玲攀談了起來。原來這位白髮蒼蒼的老太太也是同為驅趕惡房客而來的，不但如此，兩人竟然也同病相憐，都在等待她們不曾會過面的律師出現，更巧的是，居然雙方都有子女正在法學院就讀，而另邊鄰坐的那位西方老先生在側耳傾聽她們的談話後，也含笑打岔道：「其實啊，我的女兒早就是律師了。唉！只不過她是辦刑事方面的律師，不涉及租屋糾紛這一類的，所以也就幫不上忙了！我這收租有了麻煩，還得自己去花錢另請律師呢。」說著一臉無奈。

就在這時，門口赫然又出現兩男一女，男的西裝革履，女的亦著職業婦女慣穿的深色套裝，不約而同地朝著曉玲這邊走來，他們的眼光筆直地向在坐的候者一一掃來，頓時站、坐的雙方都開始緊張了起來。也就在這時，站著的來者看著手中文件開始叫名點姓了，就跟小學老師在點叫學生們的一般，不久叫到曉玲的，是位面貌英俊的年輕律師——吉姆・韓生，他一邊自我介紹，一邊領著曉玲快步進入所指定的法庭。

曉玲尾隨這位剛考取執照的新科律師，進入到一處小間裡，定睛一看，室內幾乎滿坐，只在後排還剩兩三個空位，便毫無選擇即與韓生律師一塊入坐，於坐定後這才看清，原來是間只能容納三十多人的小法庭。接下來，曉玲便將早先準備的正本資料，譬如所有的修理項目、扣除租金的簽收單據、帳目以及一切有關違規所攝取的照片等等，全都一併交給律師韓生先生，以便在庭上做答辯時的有利實證。

看看庭壁上的時鐘正指到十點，這時一名身著黑長袍的壯年男性法官，從前面的臺後步入法庭。一旁的庭役即刻高聲喊叫：「在座的各位請都起立！」直等法官穩當入坐之後，才又聽到他以同樣的聲量對大家叫道「各位請坐！」算是此法庭正式開庭了。

此時坐在法官稍後方的助理開始按冊點名，將原告及被告同時叫到法官面前，先由原告律師對法官申訴，並交出所有相關資料由庭役轉呈給法官過目，在法官看過之後，再由庭役轉交給助理去將資料一一記載登錄，最後便輪到被告申辯。那天曉玲的案子審理得很快，甚至有些出乎她原先的預料。由於她持有的資料既完整齊備且又證據充實，法官在看完呈上的資料後，很快就判決租客安吉娜敗訴，不但判她需補繳所有欠款及損害財務的賠償，並還規定她及其子必須在兩週之內徹底搬離現居的租屋。

接下來就是執行法官的判決。按照美國的相關法規，在得到判決書後，還得再分兩路法律程序方能完成整個租賃控訴案件。在補繳欠款及財務賠賞方面，則須到法院另填申請表，具狀送交被告就職的公司以做扣薪的依據，也可送交其開戶銀行，由銀行將所判之金額直接扣繳再轉付給原告律師，之後再由原告律師發放給原告。

至於「驅離房客」（Eviction Tenant）的執行部分，若兩週後被告仍然滯留不去，這時原告就須持法官判決書到當地警察局申請「驅離房客」之執行令，警察經審查無誤便會通知被告，限其五天之內搬離。曉玲這起案子的判決執行結果是第六天，她在兩名警察的陪同下，順利地收回了那間出租屋。

這宗歷時半年多的「租屋官司」終於落下了帷幕。曉玲自然是這場官司的勝利者，但這個勝利卻也包容了太多的代價和無奈——曉玲不但付出了價格不菲的律師費，同時也消耗了大量的體力和精力。還有，安吉娜所欠下的五千多租金以及近一千多的財務賠賞金額，由於她無力償還而成為一筆「死帳」。並且在她搬離之前，曾又對出租屋內的裝置設備等物件，進行了變本加厲地的惡意破壞，以這種有些卑劣的方式為這起官司畫上了一個令人哭笑不得的句號。

招租側記

平生第一次招租。為了搶在開學前換屋、搬家率相對較高而易於出租的季節把房子租掉，在此之前我先把那幢三房兩浴兩層樓的康斗（condo）屋仔細地修繕一番，之後便在當地報紙上發出了招租廣告。

但接下來的事情並非遂於人意。一週下來，那些曾以電話相約的應租者不是約而不至，就是租賃雙方條件相距懸殊，直弄得我心力交瘁不堪負荷。那日我正在樓前癡等著那個先前已連續爽約三次、而此次又沒按約露面的應租人時，突然看見對面那家鄰居的前門打開了，隨即一位體胖如桶的中年婦人從屋裡走了出來。可能是剛從睡夢中醒來之故，她一臉睡眼惺忪相，花白相間的頭髮凌亂地披散著。她顯然早已看到了我，頻頻搖愰著手朝我打著招呼：「哈囉！林美玲小姐妳好，我叫安娜，是妳對面的鄰居！我是本區房管會職員！」

她說話的語氣以及臉上的表情都充溢著令人感動的熱情。在中國有一句人人耳熟能詳的話「遠親不如近鄰」，由此比鄰而居的人家平日裡大都往來密切。而在美國，相鄰不相識的情況則幾乎成為一種常態。比如眼下這位胖婦人，雖與我為鄰多日，但平時我與她連謀面的機會都寥若晨星，只依稀記得去年往屋裡搬運家俱時，曾見她站在自家門口，隔著中間的通道及草坪向我打過招呼。因為那片草坪面積挺大，再加上我當時正忙於搬運家俱而無暇細細端量，所以連她的面容長相都沒留下什麼深刻的印象。在以後相鄰的日子裡，我與她也因各有各的工作、上下班時間錯落不一而甚少見面，即便某時偶遇也只是相互間匆匆打個招呼而已。所以此刻當她喊出我的名字時，我的心裡除了茫然和疑惑外，還生出幾分別樣的感動。對面的婦人似乎察覺到我的這些情緒變化，於是便把臉上的熱情增加到近乎誇張的程度，一邊滔滔不絕地繼續說著。

「嗨！我猜得到，你最近好像是在為招租的事情煩心吧？基於我的職業優勢——剛才我說過了，我在本區房管會工作——使我相信在這個問題上，我是可以幫助你的，我想你大概不會懷疑我的誠心和能力吧。」在這種情況下，你們自然可以想像出我當時感激涕零的樣子。的確，她的熱情真的使我生出一種雪中送炭的溫馨感覺。想想看，正當我為出租房屋的事情弄得心急火燎的時候，偏偏就遇到了這麼一個熱心相幫的近鄰，而且更重要的是——正如她一再對我申明的那樣——她本身又是社區房管會的工作人員，幫起這種事情來自然是駕輕就熟。對我來說，這差不多等於是天上掉下的一塊美味大餡餅了。

接下來的事情不用說了，我一邊連聲向她道謝，一邊忙不迭地將房子的地址、門鎖鑰匙以及聯繫電話一並交到她手裡。當然我並沒忘記向她表示，我將依當時行情對她支付傭金。在這之後，我便懷著一種如釋重負的心情回到家裡。在我邁進家門的前一刻，我的腦海裡忽然冒出了南宋著名詩人陸游的詩句——山重水復疑無路，柳暗花明又一村的舒暢感。

我才進家門，連手裡的提包都還來不及放下，就接到安娜的電話。儘管事前我對她的辦事效率毫不懷疑，但當我接到電話的那一剎那，仍然有些不敢相信她竟然會在如此短的時間裡辦妥這件事情。那一瞬間，我感到手裡握著的不是話筒而是一摞摞嶄新的美鈔。

「Hello!」我對著話筒應了一句，聲音甜軟得連我自已都感到有些難為情。但接下來我發覺事情有些不大對勁兒，或者說事情並非如我所願那般順暢無阻。安娜在電話裡告訴我，剛才她到我的房子裡看了一下，認為我那幢房子裡面的廚房和兩個衛生間都需要重新整修一下。接下來她又豪氣十足地安慰我，說是既然幫人就要幫到底，在這件事情上不用我自已操心，她可以顧人做工，簡單來說包括清理廚房和兩個衛生間的工錢大約五十元就可以搞定，而且包我滿意。

聽了這番話，我心裡多少有些感到意外。因為上個月在我搬離這幢房子之前，我已經找到清潔公司將房子內外全部打掃清理得清清爽爽，過後我還親自驗收了一遍，實在並不存在所謂重新整修的問題。而且我心裡清楚——在當時的那個年代——僅僅清理小廚房外加兩個浴室，五十元的工錢實在是有些過高了，但顧念到我倆双方的面子，於是在稍稍猶豫之後便答應了她的要求。

「不管怎麼說，作為一個素不往來的鄰人主動提出幫忙，這分熱心畢竟是很可貴的。」我心裡這麼想著。

大約一星期之後，我再次接到安娜的電話。這電話是直接打到我的辦公室裡。彼時我正在開會，秘書遞進紙條告知，我為怕誤事，立刻步出會場接聽她的電話。

「Hello，林小姐嗎？我是安娜。這些日子我已經帶了好幾批人來看你的房屋了。我認為我有義務把實際情況向你說明白，既然我提出幫忙，那就要盡職盡責才行。情況是這樣，雖然廚房和浴室的事情解決了，而且那些來看房的租客都認為房子還算不錯，但他們當中大多認為屋裡的牆壁不夠乾淨。你明白我的意思嗎？就是說屋裡的牆壁應該重新粉刷一遍。當然了，我只是在傳達那些看房人的意見。你看，嘿嘿嘿！」聽她嘩啦嘩啦一口氣道完。

我的眉頭終於皺了起來，這個要求實在是有些過份了。前面已經提到過，在我搬離那幢房子之前，早已雇人將房子——其中自然包括安娜提到的小廚房和兩個浴室——修整得利利索索，而且一直保持得乾乾淨淨，因此我不明白安娜為何會如此一再挑剔，而且我也不相信那些前去看房的租客們真的會像她在電話裡說的那樣挑剔。這次我沒有像上次那樣保持沉默。我向她詳細說明了我那幢房子的實際情況，然後提出了我心裡的疑惑。

但安娜卻執著地堅持她的要求（當然是以租客代理人的口吻），並再三強調說，如果我的那幢房子不重新粉刷的話，那麼她相信房子將不可能順利地租出去。稍停片刻，她又提高嗓音說：「林小姐，你聽我說，我知道你整天忙著打理公司的事情，唉，想來也真夠你受的，所以我知道你現在一定為房子的事情而感到不勝其煩吧？其實我早就替你想好了，我的意思是這些小事情我願意替你料理——還是那句話，既然我答應幫你，那麼就一定會幫到底，不是嗎？好，咱們現在言歸正傳，提到粉刷房子的事情，我還忘了告訴你一個好消息。說起來你這個人還真是有福氣呢，你知道嗎？我家老大史提夫，就是我的大兒子，他對粉刷可是內行呢，你可能還不知道吧？這幾天正好是國殤日，史提夫肯定會回家休假的，那粉刷房子的事情不正好可以交給他嗎？所以我剛才說你這個人有福氣。這樣吧，如果你沒有什麼意見的話，我看這件事情就交給史提夫好了，你說呢？你知道修整房子這樣的事情，其實裡面暗盤很多，那些雇來的工人有幾個會真心實意地替你著想呢？他們眼裡只認得錢，為了錢他們可能做出一些偷工減料的事情來，結果到頭來你花了錢還會惹出一肚子氣。這樣的事情難道還少嗎？可史提夫畢竟是咱們自己人，我是知道的，他這個人心地善良，保證不會做出那些見不得人的事情來。」又是如前長篇大論的一大套。

聽後，當即不得不應許了。一方面是安娜連珠炮般的說教打動了我，另一方面我當時正在主持一個重要會議，何況我那幢房子的所有鑰匙現在都在她的手裡，所以儘管當時我有些氣憤，但想了想還是決定接受她的要求。我請她提出報價。

「我已經跟史提夫商量過了。樓上樓下所有牆壁的粉刷，他只要收妳三百五十美金。星期四、五兩天就可以完工，這樣就能趕上國定放假日，正好方便那些租客來看房子啊！不過有一件事還得和你說明一下，你需要先付史提夫兩百塊錢的材料費。說真的林小姐，其實史提夫是不願意接這個活兒的，這還是我苦口婆心地不知費了多少口舌才做通了他的工作，誰讓咱們是鄰居呢？」

對房屋的修整行情我多少有些了解，像這樣粉刷牆壁的活兒，市面價格最多也不會超過兩百元，換句話說，胖婦人在電話裡的報價實實在在地超出了市面價格接近一倍。事情到了這個份兒上，我已經看出安娜所謂「幫忙」的真實用心了。但想到當時公司的諸多事情實在纏身，於是我再次壓住了心裡的不快，在明知自已被要挾的情況下，還是答應了她的這個過份的要求。自此，我的心裡開始隱約感到了一種不安。

禮拜五下班後，我如約前去查驗租屋粉刷的進度及情況。車子剛駛進巷口，一陣陣從收音機裡傳出的高分貝的音響，彷彿山洪海嘯般地衝擊著我的耳膜。雖然從旋律上可以分辨出那是杰克遜的歌曲，但由於音量放得過大而導致失真的緣故，聽上去卻猶如歇嘶底里般鬼哭狼嚎。除了從收音機裡傳出的那些聲響外，不時還會聽到一些人爆出的呼嗆和吶喊，同樣充滿著歇斯底里的恐怖感。

我下車後雙手掩耳，用近乎跑百米的速度，逃難似地朝我那幢房子直衝了過去。豈知那噪音越來越大，最後呈現在我眼前的竟然是這麼一幅畫面：我整幢房屋樓下的門窗大肆敞開——原來那些充滿了瘋狂意味的搖滾樂，正是從我那幢房子裡傾瀉出來的。放眼望去，原本潔淨如新的客廳，此刻竟然變成了一個不折不扣的室內垃圾場——地毯上四處散落著成打的空啤酒瓶和可樂罐，以及用過的餐巾廢紙、速食空盒。那些被卸下來的窗簾，則東一堆西一撮地拋放在近窗的地毯上，整個房廳看上去顯得凌亂不堪甚至令人作嘔。

本是來驗收裝修房舍的我，萬萬不曾料到眼前竟然是這麼一幅殘景。當時我的感受真可用「目瞪口呆」來形容。這真是花錢買氣受，「陪了夫人又折兵」。我突然感到手腳開始發麻，而且視線竟也變得模糊起來，差點就要暈厥過去，我急忙將身子挪靠於後面的門框上面，才不致跌倒在地上。一股怒火在我的心裡升騰起來。想想看，本來我的房子已經花錢雇人收拾得妥妥貼貼，卻遭那個胖女人以「行善幫忙」之名再三勒索。如果說破費點錢財還可以消氣吞聲的話，那麼眼下擺在我面前的事實就實在是令人有些忍無可忍了。

就在這時，我的面前突然冒出一個年輕男子。此人衣衫不整不說，凌亂油膩的金髮下是一張緋紅而又多肉的圓臉。他上身的襯衫敞開著，露出了壯傾厚實的胸脯。他顯然是喝了不少酒，醉態畢露地邊揮舞著手裡的空酒瓶，邊磕磕絆絆地朝我這邊踉蹌過來。

「你是誰？為什麼把我的屋子搞成這個樣子？」我朝這個年輕男人大吼了起來。壯碩如熊的男青年顯然察覺出了我的憤怒，先是楞了一下，接著臉上顯出幾分兇狠來。他一面翻動著蒼綠色的眼球，一面用手上握著的空酒瓶直朝我指來。幾乎與此同時，在他的身後又變戲法似地出現了三個同樣衣衫不整、同樣面露醉相的男青年，他們每個人手裡也都握著一個酒瓶。剎那間，我被眼前的四個醉漢把我團團圍仕。可能與我是個東方女子有關，他們看著我的目光裡帶著明顯可辨的好奇，似乎還摻雜著幾分貪婪。我的心裡不禁有些忐忑不安。就在這時，金髮青年突然咧開嘴衝我笑了起來。

「我是安娜的兒子，我叫史提夫。我猜妳就是這房子的主人吧？這三人是我的好朋友，是來幫妳油漆房屋的。」說完，他低下頭打了個飽嗝，接下來用手指了指那三個正做著勾肩搭背狀的同夥，再轉過頭來嬉皮笑臉地對我說：「我們正在等妳呢，妳真的就來了，這真是太好了。是這樣，我們買的材料不夠，看來還需要再購買一些，我的意思是你還需要再付一百五十元給我……」史提夫的臉上帶著一幅咄咄逼人的神情。與此同時，我看見他那只既厚且大的手掌快速地伸到了我的面前。

這分明是光天化日下仗勢敲詐了！憤怒再次湧滿我的心頭，以致我連說話時的語氣都有些氣急敗壞幾近失去控的狀態了。

「這怎麼可能？那兩百塊錢的材料費，不是早就交給你母親了嗎？你以為我真的什麼也不懂嗎？按市場價，那些錢用來買材料無論如何也是花不完的，怎麼可能不夠？」我幾乎是不要命地大吼了起來。也許是我當時憤怒的表情和出言不遜的語氣出乎他們的意料之外，那四個男青年竟一時楞在那裡，表情呆呆地望著我。隔了一會兒，史提夫才帶著恍然的表情邊搓著手邊囁嚅著對我說：「嘿嘿！你不要著急嘛。你看，我們是四個人來幫妳清理房子。妳別看眼下屋裡亂哄哄的，我完全可以跟妳保證，明天——不錯，就是明天——我們會保證完工！而且我們定會把這屋子弄得乾乾淨淨的，嘿嘿，總之一句話，保證叫妳滿意。」

「對呀，對呀，妳放心！我們一定會準時完工的！」見史提夫發了話，旁邊的另外三個男青年也鸚鵡學舌般地齊聲附和，其中一個滿頭金色捲髮的小伙子更是把這些話重複了好幾遍。他們的臉上堆滿了心不由衷的佯笑，看著我的目光裡含著一種近乎討好的意味。

我這個人天生嘴硬心軟，一如俗語說的「刀子嘴豆腐心」，何況眼下面對的又是幾個年輕人。我深深嘆了口氣，抱著息事寧人的心態，按他們的要求將新增的材料款交給了史提夫。儘管當時我心裡的怨氣仍未消解，儘管我明知自己這樣做實實在在是扮演了一個冤大頭的角色。

第二天是週六。早上九點剛過，我便開車趕去租屋查看，以便做些招租的事前準備。昨天下午史提夫曾當著我的面，信誓旦旦地保證今天定會把房屋整修妥當。當時他的表情是認真的（至少給我留下了這樣的印象），再說我也清楚屋裡的那點整修活本來就很簡單，所以當我打開房屋的前門時，心裡是滿懷期望的，由此心情也變得開朗起來。想想雖然這些日子自己花了一些冤枉錢，也平白生出不少氣惱，可生活就是這樣，免不了會碰上些坎坎坷坷，事實上又有誰在生活中沒遭遇過這樣類似的煩惱呢？唉，只要房子能順利租出去，那些已經過去的事情大可不必耿耿於懷。

可是我再次失望了！我走進房裡，吃驚地發現裡面依然是一片狼籍，房子不但沒有整修妥當，反而較昨天更加髒亂不堪，地毯上以及屋內的邊角處丟棄著更多的空啤酒瓶、吃剩的食品包裝盒、用過的餐巾紙，以及星星點點的食物殘渣，看上去像剛剛遭遇過一次洗劫！

這簡直是拿著我當猴耍了！舊怨新怒匯成一股難以抑制的火焰。我失控般地返身衝出屋子，連奔帶跑地朝對門安娜家衝了過去。是的，這次我下決心要把這些日子憋悶在心裡的不滿和怨氣毫不保留地發泄出來。我要讓那個假慈假善的安娜知道，我並不是如她以及她兒子史提夫想像的那樣是一個屢騙不醒的傻瓜蛋，更不是一個任人宰割的窩囊廢！我要聲嘶力竭地對著她指責、咆哮，而且最好讓四周的鄰居們都能知道她做出的那些卑劣行徑，我要她為自己的奸滑付出應有的代價！我想我當時的模樣一定很難看，甚至一定很像個憋足了勁找碴尋釁的潑婦。

我衝到安娜家門口，毫不猶豫地摁響了門鈴，而且十萬火急似地連摁了三、四次。由羞惱生出的怒氣在我心裡激蕩著、澎湃著。那一刻，我甚至有些迫不及待地盼望著那個近乎無恥的胖女人快些出現，我要把心裡的怒氣以狂風暴雨之勢向她傾泄噴去。

但暴風雨並沒有如期出現，我卻像中了定身法似地呆在了那裡——從打開的門裡，我看到了一個蓬頭垢面的身影。她的眼眶裡佈滿了血絲，蒼白的臉頰上帶著清晰可辨的浮腫相。如果不是那熟悉的胖碩如桶的身材，我一時竟有些不敢相信面前的這個婦人就是以前那個精力充沛得似乎有些過剩的安娜。此刻的她用惺忪無神的目光看了看我，隨即便毫無顧忌地哭嚎起來。眼前的這個場面完全出乎我的意料，使我如墜五里霧中，一時連話也說不出來，心裡積攢的那些雷霆之怨刹那間竟消遁得無影無蹤。

但我的驚訝並沒有到此為止，接下來發生的事情更使得我生出一種如夢如幻般的感覺。安娜邊哭邊告訴我，昨天下午我從待租的那幢房子走開後，她兒子史提夫立刻用我剛給他們的材料款買了酒，一頓狂飲之後，四個人分乘兩輛摩托車外出兜風，由於是酒後駕車，再加上速度過快，結果在高速公路上恍恍惚惚中撞上了前面的轎車，就這樣釀成了一起重大的連環車禍。其中那個長著一頭金色捲髮、名叫安迪的二十三歲小伙子當場死亡，另一個名叫強生的小伙子摔成重傷，目前還在醫院裡搶救，生死未卜。安娜的兒子史提夫和另一個男青年亞倫均撞成骨折，現在也都還躺在醫院裡療傷。

我幾乎是在下意識的支配下安慰了悲痛欲絕的安娜幾句，然後心緒複雜地回到家裡。我感到思緒有些混亂，很長時間不敢相信也不願相信剛才安娜說的那些悲劇是真實發生過的。我在客廳的沙發上坐了下來，隨手打開了電視，試圖讓自己起伏不定的心緒平靜一些。巧合得很，電視上正在播出史提夫他們那個重大車禍的現場報導，螢幕上顯現出事故現場摩托車與轎車撞擊之後拋散在公路上的殘骸碎片，看上去慘不忍睹。與此同時，播音員正做著有關這次事故的講解，無非是那四個駕駛摩托車的男青年是酒後駕車云云。再後來我就什麼也聽不到了，因為我的整個身心已陷入到濃濃的悲傷情緒裡難以自拔。僅僅在十幾個小時之前的昨天下午，我還與這四個年輕人面對面地接觸過（儘管當時的場面和氣氛令人沮喪），但此時此刻，他們的音容舉止卻已經凝結為一縷遠去的回憶，而在這些回憶裡，先前的那些積怨早已被湧滿心頭的哀傷滌蕩得乾乾淨淨。我在心裡暗暗責備自已昨天不該對那四個青年人橫眉冷對。我甚至後悔昨天不該付給他們那筆材料費，如果是那樣的話也許就能避免這次可怕的無妄之災。世事難料，人生無常。唉，那個體格壯碩的史提夫，誰能料到昨日的把酒狂歡竟差點成為他生命旅程的最後慶典？唉，那個一頭金色捲髮的安迪，誰又能料到那震耳欲聾的搖滾樂竟是他人生謝幕的哀哀挽歌？

眼淚不知什麼時候溢出了我的眼眶。風，在窗外的林木間疾行，盪出怪怪的聲音，像是感嘆，又像是在哭泣。

一張罰單

就為了一張交通罰單，竟賠掉三十多年摯友的情誼！

事情是這樣的，友人王嬌的獨生女曉蘭，在高中一畢業，就申請到華裔子弟們所期盼的首選——北加州柏克萊大學。曉蘭之所以申請這所離家甚遠的大學，除了它是全美名列第一的公立大學之外，該校的校長還是由我們華裔的知名學者——田長齡博士擔任，因此這座位於陽光之州的柏克萊大學，就成了華人子弟們爭相申請的首要學府。

王嬌的女兒曉蘭當然也不例外，只不過當她住入學校宿舍之後這才發現，原來柏克萊的校園竟然是如此的遼闊，不光是校舍跟宿舍之間相去距離很遠，就連教室與教室之間也都分散得很開，有時兩間課堂離得太遠就是以車代步趕去，也不見得就能及時到達。更不幸的是自己的宿舍居然還不在校內，而是在校園之外的半山腰上。

像曉蘭這個從小就以車代步養尊處優慣了的嬌嬌女，哪能禁得起這每天如此疲於奔命的徒步煎熬啊！就在入校還不到幾天，她就從學校打了幾通長途電話到洛杉磯的家裡，硬逼著要母親為她買輛汽車代步，否則她就要罷課回家！

王嬌一聽，這還得了！自己十多年來辛苦打拚，並不是圖個什麼別的，全都是為了她這個寶貝女兒曉蘭。自從十五年前跟曉蘭的父親離婚後，女兒就是她全部生活的重心，曉蘭的前途就是自己一生最終的指望，怎能讓女兒有任何絲毫的差錯？畢竟是天下慈母心，王嬌又自己思考了一下，她想到：女兒也只不過是要一部車嘛，反正遲早總歸是要買的，既然她這刻逼得這麼緊，那就提前先買算了，免得耳根子不寧。

王嬌有心答應女兒的要求，但問題來了，一來她和女兒相隔近四百多里路，二來當時她因為工作上的需要，只怕一時半月都很難脫身，不僅如此，她又是個女人家，女人們哪裡懂得買車啊？既然不懂買車，那就更不懂得去車行選購汽車了。再則，即便是請人代選代買好了車後，送車過去得八小時的車程，則又是另一大難題，正在為這件事憂心的時候，偏偏就在此時接到通從金山打來的電話。

原來這通電話竟然是王嬌的前男友——老李打來的，他倆從小不但是住兩隔壁的老鄰居，甚至後來又在同一家美商工廠共事多年，兩個年輕人便自然而然地就走在一起，成了一對青梅竹馬的戀人，只不過王嬌後來突然嫁給了從美國回來探親的大學同窗，也就是曉蘭的父親。這會子在分開快二十年後，他居然打聽到自己在洛杉磯的電話，就這麼鬼使神差地打通長途電話來探問，這對王嬌而言簡直是件不可思議的事。不過在王嬌的腦海裡最惦記的自然還是自己女兒買車的事，於是在他倆一陣寒暄之後，王嬌馬上就言歸正傳，請他就地盡快的幫女兒選購輛新車代步。

哪知無巧不成書，更巧的是，當時的老李剛離婚不久，他前妻將自己所有的細軟雜物全都搬得一乾二淨，唯獨留下那輛藍色小豐田，卻老賴在他的車房裡總也不取走。這輛八成新的小豐田，看在老李的眼中，有如眼中釘一般，真是既礙眼又佔地，每當他一進車房看到這輛車，便引得他心情煩躁難捱。雖然也曾託過她的朋友幾度轉告，要她盡快取走，但結果總是拖拖拉拉的不見動靜，慫得老李真是不知如何是好，看來大概是她還沒找到可停車的地方吧，畢竟在舊金山想找個停車位，的確不是件容易之事。誰知，居然就在這時碰巧接到王嬌請託買車的電話。老李這時靈機一動，不妨就將兩事併作一事，乾脆把那小豐田先借給王嬌的女兒，這麼一來，既幫助了朋友又解決了自己的困難，豈不一舉兩得將兩件難題都這麼一併迎刃而解了嗎？

其實說實在的，在美國雖然是個熱中助人的民族，大多的東西都可以借用與人分享，但唯獨汽車除外。因為借車不比一般物品，它的折舊率是按年分及使用的里程來計算的，箇中會涉及到許多的權益與責任問題，熱情借車可能後患無窮，尤其是一旦出了車禍，後續的糾紛或訴訟恐怕很難善了，若是將車主兼駕駛者告上法院，那麼好友一場，最終竟對簿公堂反目成仇，實在是得不償失。據專家指出，美國是公私分明按法律條文行事的國家。所以車子最好不要隨便出借！不過老李對於這些忌諱全然不顧，他膽敢冒此大風險，主要是看在王嬌曾是女友現在又是單身的份上，便毅然決然地將這輛豐田借給了王嬌的女兒曉蘭。

此後這輛小豐田便一直陪伴著曉蘭，在柏克萊大學四年的生涯裡，她收到的停車罰單真是不計其數，一方面是因課室太過於分散，另方面又因停車場地不是太遠就是爆滿，想找個停車位就成了個惱人的大問題。同學們往往為了要趕時間，尤其是在考試期間，不得不就便隨地停車，因此收到停車罰單，對所有在校的開車族來說，簡直就像是家常便飯一樣是件極其普通之事。據當地的官方報導，市府每年最大的一筆財金收入就是來自柏克萊學生們的停車罰單費。

時光荏苒日月如梭，轉眼間四年就匆匆的逝去，曉蘭也按部就班地及時畢業了，在這四年裡，她確實把那輛寶藍色的小豐田，切切實實地當成了自己車來使。她完全不記得這是部借來的汽車，就在那天搬離宿舍返家時，曉蘭竟糊裡糊塗地駕著這輛小豐田從舊金山直往洛杉磯的家裡趕來。只是在剛進入洛杉磯不久，就被騎摩托車的「加州公路巡警」給攔截了，以她的車尾燈不亮為由開了一張警示單。按規定，像這樣沒有罰金的警示單只要在十天之內將問題解決，再到警察局去驗證一下即可完事。換句話說，交通傳票並不是一般的罰單，而只不過是在提醒車主，其車零件破損急待修理罷了。

美國既是一個法治至上的國家，也是一個金錢至上的國家。這兩者的結合，就決定了美國的罰單種類繁多，且新法規又層出不窮，幾乎覆蓋了日常生活的各個層面，而交通罰單則是所有罰單類型中使用頻率最高，也是覆蓋面最廣的一種。凡在美國的開車族，可以說幾乎沒有誰能與交通罰單絕緣。美國的交通罰單固然令不少駕車族心生忌憚，然而若在接到罰單之後不及時繳納罰款或按法規審慎處理的話，那麼日後其所引發出的後遺症與殺傷力，將是令人難以料想得到的。只是王嬌和女兒曉蘭都沒把這件事放在心上。

直到幾天後舊金山的朋友李先生打來電話，聲稱他收到一張二十元的罰單，原因正出在那張被王嬌和女兒曉蘭都忽視了的警示單上。原因是未及時處理交通傳票之故，並還在單上註明，延期的懲罰性金額，全視拖延時日之長短為依歸。當時老李的語氣還算平和，只僅提醒王嬌應盡快處理，不要再拖。想想人家李先生本來是出於好意將車子借給女兒使用，自已還沒來得及感謝，現在反倒讓人家吃上了罰單，於是心生愧疚之情的王嬌一放下電話，立馬就另撥通電話找到正在芝加哥城參加面試的女兒查問。

剛一開頭，女兒還懵裡懵懂不知母親所言為何，直待王嬌將情況一一說明之後，曉蘭又靜靜地呆了半响，這才記了起來，就因她回來後忙著去芝加哥求職面試，慌忙間就把這件事給忘了。聽得王嬌真是既好氣又好笑。接著女兒連忙貼心地為母親解說，她要王嬌先去把車燈修好，然後將車直接開到警察局接受檢驗，於通過後在傳票上再蓋個章，就一切大功告成。她認為事情就是這麼簡單，哪用得著這麼大驚小怪，說完不禁還發起嗔來了，直怪母親他們幹嘛這麼小題大做！

在掛完電話後，王嬙便決定立刻去把這件事情處理掉，卻赫然發現車房裡的豐田車竟然是上了鎖的，根本沒法打開。於是急忙衝到女兒房裡到處尋找，幾乎查遍整個書桌翻遍所有抽屜，就連衣櫥裡最旮旯處都不放過，可任她怎麼找，不光是找不到那把要命的汽車鑰匙，反把自己急出一身的汗來，雖然屋內的冷氣已調到最大的極限，但在洛杉磯上飆近百度的酷暑下，還是熱得她汗流浹背氣喘如牛了，竟然還是無功而返。逼不得已，只好又趕快再去一通電話想問個明白。不想，耳裡傳來盡是不斷的「嗶嗶嗶……」聲，直是接不通，想來定是那個寶貝丫頭又在煲電話粥了！

這就讓心急如焚的王嬙簡直別無他法了，只好每隔半小時就撥通電話過去，好不容易挨到九點，也就是芝加哥深夜的十一點，方才把人找到，一問之下這才發現，原來汽車鑰匙居然還在女兒身邊的跨包裡！王嬙聽後真是氣不打一處出，當即就命女兒趕緊將汽車鑰匙用郵件寄回。接下來王嬙望眼欲穿地等著她寄來鑰匙，若按理，一般美國內陸郵政最多也不會超過三天就可接到。王嬙已耐心的足足等了一個禮拜，卻還是不見鑰匙的蹤影，王嬌就這麼天天盼著，每天就緊張兮兮地翻郵筒，總也不見任何動靜，反倒是三天兩頭就接到老李打來催問的長途電話。

剛開始時，老李還看在鄰居又是舊情人的情面上，對她也還算客氣的，在電話裡他除了催問之餘，還會和老友打諢胡亂的哈拉一番，只不過在幾次來電探問都毫無進展後，他的語氣就逐漸顯出些許的不耐了。為此，就又逼得王嬌不得不快馬加鞭對女兒進逼追討那一直等待的汽車鑰匙。到後來她才知道，一向馬虎的女兒竟在郵寄時忘了貼郵票！只是那忘貼郵票的信件，在日前才退回到手，於是就只好重新郵寄一遍，就這樣一來二往的，一混，三個禮拜的時間就這麼打混過去了。

如果說僅等女兒寄回鑰匙，已讓王嬌等得極端的不耐了，及待她後來進到車裡去尋找那張傳票時，那就更是令王嬌氣到幾近抓狂的地步。當日，先且不說那炎夏的高溫就讓她老大吃不消了，之後又悶在這雜物充斥似烤爐的小車箱裡，翻來覆去的尋找那張緊要的傳票單子，卻就是怎麼樣也找不著。氣得她又再去電話查問，原來寶貝女兒當時就順手夾在擋風板的後面了。

在此之後，王嬌又剛巧為工作上的事情忙得焦頭爛額，期間竟偏又趕上了臺灣的親戚來美國旅遊，作為東道主，她免不了要陪同親戚們四下遊覽一番。就這樣，那張傳票單的事情竟在不覺間又無端地被拖延了三個多月。在這期間，每當老李再次接到過期的罰單時，就即刻打來電話找王嬌追問，這回輪到老李電話連連找不到她人，因她不是出差就是陪親戚出遊去了。

在這段期間裡，就為了這種無端莫名的延誤，也曾有一度讓老李氣得忍無可忍，在一怒之下意欲親自趕來洛城就地處置解決，但後來又自己一想，既然事已至此，即便是再怎麼著急甚或是再火爆衝動，看來在她們母女倆全然失控的狀況下，任你再怎麼努力催促追蹤也都是無濟於事白費精力的了，倒不如就平心靜氣任其發展吧。

由於那張傳票一再的無故拖延，致使罰款從開始的二十塊錢，在加倍懲罰之下，一路如滾雪球般暴增到快近三百多塊錢了（這是政府為懲罰違規者，按日以倍數增加罰款之法，來加倍嚴罰拖欠違規者）。至此可想而知，老李心裡的怨氣也恰如那竄升的罰款數字一樣越積越高。他總也沒能想到，那麼一張簡單易辦的交通傳票，既不必繳罰金又是瞬間就能解決的事情，竟然引來這麼一場賠錢傷神之禍，不但鬧得他一頭霧水、百思不解，更而攪得他心神不寧、寢睡難安，既像一場莫名混淆的鬧劇一般，攪和得成了一齣自己揮之不去的陰霾夢魘，臨到頭來居然是這般的始料未及，倒把自己弄成個裡外都不是人的難堪下場。

這對老李而言，如果說他對王嬌女兒這般漫不經心、迷糊懵懂得令人難以置信，那麼他對後來這女孩的母親王嬌大意渙散的態度，就更是叫他匪夷所思極難苟同了。這讓一心想盡快完事的老李，大為不解也特為不滿，其實，最讓他始料未及的就是在他來認為，不就是張簡單的傳票嗎！擺明了僅就是極其容易僅舉手之勞的事兒，然而卻讓王嬌辦得這般的瀝瀝邋邋、拖泥帶水，她就這麼著的漫不經心一拖再拖的，僅就她那幅大而化之、事不關己的懶散態度，就已叫老李難以接受、無法釋懷了。及至在迫不及待的孔急催問之際，恍惚間竟反而叫他鬧不清，到底是誰在幫誰了？甚至有好幾次在追逼之下，卻倒像是自己竟有求於她的來了。

事後，老李把這事件的來龍去脈從頭到尾都仔細的想了一遍。其實，若真要怪的倒是自己了，誰叫自己那麼熱心快腸、那麼遷就他人？幾個月下來，原本是好心助人的人，弄到頭來，竟搞得自己烏煙瘴氣不說，還變成了個無辜的被害者！除了自認倒楣之外，對原來還想再續前緣的女友，已全然心灰意冷不再有任何的想頭了。

而此時對在洛杉磯的王嬌來說，這才懊悔地意識到，由於自已和女兒的忽視和拖延，損失的不僅是金錢，更重要的是，王嬌與老李多年建立起來三十年的友誼，也就隨著付之東流，從此就再也追不回來了。

依親去

吳太太打算投靠兒子的想法，起始於在一個偶然的機會上，從電視裡看到的那則赫人消息，說的是一位幾乎家喻戶曉的籃球明星，竟然猝死家中多日才被人發現。那年吳太太已是八十三歲的耄耋之年，於是這個消息便在她的心裡掀起了一陣軒然大波，叫她驚赫不已。這除了深知年歲不饒人的道理外，還有一個原因，那就是她本人目前也正是處於獨居狀態中。吳太太隻身住在一棟深宅大院裡，房子是四房三浴建坪面積就已夠大了，還又外加一個寬敞的大花園，整棟房子孤零零地處於社區的邊陲。平時她一個人住在這所大房子裡，免不了會時常感到一種難以忍受的孤寂，而這種孤寂，又總會使得她忿忿地回想起當初買下這所房子的情景來。

吳太太來自夏威夷。她的父親是屬於第三代的福佬（福建省外出的移民），當時擔任州政府的財經主管，母親祖籍是廣東汕頭，在夏威夷的首都希露市（Hilo）開了一家頗有些名氣的禮品店，因此吳太太的家境在當地算得上是殷實富足的小康之家。說起來吳太太是兄妹三個，但上面的哥哥還在襁褓中便因病夭折，而她唯一的弟弟，則是個體弱多病並且帶有嚴重自閉症的弱勢人，由於這種狀況，再加上吳太太自小就性情乖巧，所以她這個獨生女在父母的心目中自然就變得分外重要，差不多達到了有求必應的溺愛程度。既便是在經濟大蕭條的三十年代，以及二次世界大戰期間，吳太太所享受到的優裕生活也幾乎沒有受到什麼影響。以後又隨著年齡的增長，吳太太對於夏威夷這個風光旖旎的彈丸之地漸漸生出些厭倦之感，她從小就好高騖遠，愛好新奇，哪會甘心就這樣一輩子待在這裡？她渴望著外面那更廣闊的天地，渴望著到美國本土去一試身手，以改變自己的命運。由於自小就生在嬌生慣養的環境裡，使得她有了一種執拗任性的脾氣。儘管父母對她的這個想法持堅決反對的態度，但在她不屈不撓的堅持下，最後還是如願地踏上了美國西岸，那號稱世界大熔爐的洛杉磯都城，而且一住就是大半輩子。

世界上的許多事情的確是有些說不清楚。自從結婚後，在吳太太的心態及行為上，漸漸發生了一些微妙的變化。其一是她這個過去嬌養慣了的女人，竟在老公面前漸漸變得溫和了起來，以至於平時家裡的一切大小事情，差不多全都由她老公一錘定音。其二是她在不知不覺中，改變了過去那種大手筆的消費習慣，變得在一切事情上都要精打細算，並且還常常達到了令人不可思義的算計程度。吳太太目前居住的這所豪宅，就是當年在老公的堅持下購得的。其實就吳太太的本意來說，她是一百個不情願，其中一個主要原因是她認為對於一個當時僅兩口之家的購屋客來說，這實在是有些浪費，而且她意識到居住在這所大房子裡，日常的清掃維護所花費的勞動量是可想而知的，何況這個勞動量又差不多完全落在她自己一個人的身上。但老公則提出了買大房子的理由，是為了將來可與兒孫們住在一起，他認為雖然身在他邦異國，也應享有大家庭的樂趣才是，於是這件事就這麼定了下來。

時光的飛輪馳騁不已，不久吳太太膝下的獨生兒子強尼也漸漸到了談婚論嫁的年齡。但在七十年代，國人移民美國的人數本來就不多，而適婚的女性就更是少得可憐，因此兒子的婚事就這樣一拖再拖不見動靜，以至於吳太太的老公直到去世也未能見到兒子成親的那一天。

又是幾年過去了，強尼終於找到一個義大利籍的姑娘。對這樁婚事，作為母親的吳太太自然是滿心歡喜的，但接下來發生的一件事情卻使她的興奮大加失色——不知出於什麼考慮，那位義大利的準兒媳，卻對兒子明確提出婚後要和婆婆分開過日子，而且其態度堅決得不容商量。當吳太太從兒子婉轉的話語中得知這個消息時，竟然氣得半天說不出話來。當初費心費力又費錢地買下這所大房子，本來就是因著將來能和兒子住在一起，以能享含飴弄孫的天倫之樂，現在可倒好，老伴走了，兒子也要棄她而走，那不，將來只能是她一個人孤零零空守在這所房子裡，到頭來，這一切不都是水中撈月般地瞎折騰嗎？更使她不能容忍的，是這個兒媳還未過門就如此盛氣凌人，那就可想而知，兒子婚後還能有什麼好日子可過呀？特別是當她得知兒子媳婦早已經採取「先斬後奏」的辦法，他倆在幾千里之外的紐約早就租好了一套房子時，就讓她更有一種被忽視和被拋棄了的憤怒和屈辱感。好在最後在兒子強尼的反覆勸說下，她的情緒才慢慢地平靜了下來。是啊，兒子說得也並非完全沒有道理，現在的年輕人，又有幾個會在婚後還願和父母住在一起的呢？也罷，真要是住在一起，誰又能知道會發生些什麼樣不愉快的事情來呢？這樣想來，也許分開過日子倒並不是件什麼壞事了。

儘管如此，但吳太太心裡對兒媳卻從此留下了深深的成見。

「哼，我可是要等著看看你們婚後要怎樣去過日子呢！不就是個番毛丫頭，雖然長得也還算不賴，但一看就知道是個不會過日子的番婆子。嘿嘿！有能耐最好是不要來求我喲。哼，反正我是不想再看到那個不懂禮數的洋婆子了。」

她不止一次地這樣想著。而且也的確是說到做到，自從兒子搬到約紐之後，她壓根就一次也沒有去探望過，即便是在她得知孫兒出生之後也都是如此。

但這次，吳太太卻破天荒地第一次有了去約紐的念頭，這想法不僅僅是去探望，事實上一方面是打算與兒孫長相廝守，享享老福，另一方面也是她做此決定的目的——壽終正寢時會有人在側。一連幾天，那個籃球明星猝死家中的畫面，總是在她的眼前歷歷如繪，不但層出不窮更是揮之不去，而她心裡那個依親的念頭，也就因此而變得越來越迫切也越來越堅定，以至於原本深存心中對兒媳的成見，也在這個念頭的驅使之下變得微不足道了。決心下定之後，接下來的事情就變得簡單多了，她決定不如就趕在下個月孫子的生日那天去紐約兒子家，這樣不僅在時機上做到恰到好處，而且在面子上也顯得極其順理成章。

紐約依親自然是需要帶些禮物的。在這件事情上，精於算計的吳太太在稍稍猶豫片刻之後便想到了一個人。這個人便是洛城當地「韓國首爾牛排店」的老板，一個具有典型的韓國式熱情與坦率的中年女人。

說起來吳太太與那位牛排店的女店主認識已有一段時間了。當第一次她拿著報紙上附贈的折扣券來到這家新開張的牛排店時，就在心裡留下了深刻的印象——不止是對店裡別具風味的烤牛排，更為那個對顧客熱情有加的女店主。她敏感的意識到，這個新來的店主是個非常隨和又非常坦誠的人，而在通常情況下，在這種人身上討些便宜總是比較容易的。吳太太對自已的這個發現有些像當年哥倫布發現了新大陸似地興奮不已。

從那之後吳太太便經常光顧這家韓國牛排店，而且差不多每次都會帶上一些不起眼的諸如塑料小飾品一類的禮物，這些所謂的小禮物其實都是她從自家車庫的某個長期不用的舊紙箱裡，或者家裡的某個邊角處隨便取來的。然而當她帶著老朋友式的微笑，鄭重地將這些小禮物遞交到女店主手裡的時候，卻常常會使對方認為那些小玩意兒，是在情誼上貴重得無法計算的無價之寶呢。接下來發生的事情，的確證實了她當初的判斷正確無誤。對於她送去的那些小禮物，女店主除了一再用結結巴巴的英文表示感謝之外，總還會免費回贈幾盒價格不菲（至少在價值上遠遠超過了她得到的那些小禮物）的烤牛排——與事前吳太太自已的預測幾乎是不相上下甚至一模一樣。

所以此次當吳太太想到去紐約依親需要帶的禮物時，那個和藹可親女店主的形象，便立刻浮現在她的面前。

「嗯！用韓國烤牛排來作禮物，應該是不錯的選擇，不僅兒孫可以品嚐到這種獨特異國風味的烤牛排，而且那個素來貪吃、並與自已在情感上存有結絆的兒媳婦，說不定也會因此而舊怨頓消了呢。」

吳太太在心裡念叨著，並對自已的精明巧算感到沾沾自喜，滿意極了。瞬間，吳太太又猛然想到，下個禮拜一不正是女店主的生日嗎！這個事情，還是她當初從店主那個漂亮的女兒嘴裡打聽來的。這簡直有些天賜良機的意味了！眾所周知，在幾乎所有亞裔族群中，對壽禮是頗為看重的。既然如此，自已豈不是恰好又可以趁此良機，再設計一齣「四兩撥千斤」的巧計？那些已經在心裡預定為送給兒媳的韓國烤牛排，豈不是就唾手可得了嗎？

吳太太就依計如法炮製，在那些花樣翻新的促銷廣告中，選定了一份減價蛋糕，作為送給女店主的生日禮物。儘管那些促銷的蛋糕，無論是在質量還是在外觀裝飾上，簡陋得連她自已都感到有些難為情，但這似乎並不妨礙她在見到女店主時所表現出來的那種久別重逢似的濃烈激情。當那個韓國店主在弄明白吳太太手裡提來蛋糕的特別含義之後，激動得竟然一幅手足無措的樣子。作為回贈，女店主除當場為吳太太端上一盤香氣四溢的烤牛排之外，還外加四大盒已經打包好的牛排以及兩大罐韓式泡菜，而且為表示自已的謝意，這些烤牛排都是店主親自下廚精製而成的。一切都如事先吳太太預料中的那樣全部都如願實現了——這四盒精製韓國烤牛排，不正是到兒子家依親時的上好禮物嗎？當然，對吳太太來說，最重要和最有意義的還是，這些價值上百美元的烤牛排，竟然只花了區區一盒廉價蛋糕的價錢！

此時的吳太太頗有些自負的感覺，在這種良好情緒的激勵下，她又馬不停蹄地來到那家她每個星期都固定必去的美容院。和那位新來的韓國烤牛排店主一樣，這位美容店的新主人，也是一位剛來美國不久的越裔新移民。吳太太沒等落座，便從提包裡掏出幾個深綠色的檸檬，朝那位正向著她滿臉陪笑的女主人遞了過去。

「呵呵！知道你們越南人喜歡吃酸，於是就厚著臉皮到我家的鄰居院裡去親手摘了些送給你喲。」吳太太似乎對店主那幅受寵若驚的樣子視而不見，自顧不停地說下去：「誰讓咱倆天生有緣呢？若是換了別的什麼人，我才不會在這樣的大熱天裡去做這些傻事呢。說起來，要不是我平日裡經常請那位白人鄰居到我家吃點中餐，人家那裡會同意我去摘？你看看，這麼大、這麼新鮮的檸檬，即便在超市裡也很難買得到喲。」

於是吳太太的精明再次變成了收獲——接下來發生的事情是，感激涕零的年輕店主差不多等於替吳太太免費做了一次美容。

但吳太太的如意算盤也有不如意的時候。比如在去紐約兒子家之前，她就遇到了一件這樣的事情。從吳太太家到洛杉磯機場開車至少需要一個半小時，且其間的高速路錯綜複雜，光中間換道就需要兩三次，所以大多數本地的有車族，都樂於乘座機場的專用巴士，對年邁八旬的吳太太來說自然更是如此。但貪圖方便而又精明慣了的吳太太，卻仍然打算在這件事情上巧算一番——她想找個熟人開車送自已到機場，然後等自已從紐約回返時再來接機，同時又不想多花錢。只是接下來她的十幾個請托電話均吃了閉門羹，最後不得已，找到了她本堂裡那位她認識的教友賴瑞先生。之所以說不得已，是因為她與賴瑞先生雖然並不十分熟悉，但對他平日裡的摳門作風卻略有耳聞。正因為如此，吳太太再次使出了她曾屢試不爽的先吃小虧然後撈個大便宜的絕技——她在電話裡除了言明自己需要送機和接機之外，還破天荒地主動提出邀請賴瑞先生吃飯。常言說「吃人家的嘴軟」，吳太太堅信，在飯桌上與賴瑞討價還價顯然要容易得多。當然吳太太也留了一手，如若賴瑞實在不開竅門，她便將以那頓餐費算到她應付的車資裡面去。

然而精明的吳太太這次似乎遇到了對手。不到半個小時，一身正裝的賴瑞和太太就出現在吳太太的家門口。簡單的寒喧過後，賴瑞先生喜滋滋地告訴吳太太，說今天是自己和太太喜結良緣二十周年紀念日，因此恰好可以借吳太太的美意好好慶賀一番，更令吳太太始料未及的是，賴瑞先生竟自作主張地將車一直開到那家五星級的「黑安斯牛排館」（Black Angus Steakhouse）門前。如果說這已經讓吳太太剎時間生出一種掉進深淵的恐懼感，那麼接下來在點酒菜時，賴瑞夫婦倆竟無半分顧忌，儼然一幅「不吃白不吃」的派頭。最後這餐飯錢一算下來，竟花去了吳太太整整二百五十元大鈔！更重要的是，酒足飯飽的賴瑞居然還擺出一幅不容商量的口吻，聲明只能送吳太太到機場，而且在價格上一分錢都不能省，否則此事免談。

言歸正傳。且說吳太太抵達紐約兒子家裡，第一個舉動就是迫不及待地將韓國女店主送給自己的那四盒烤牛排，從她隨身攜帶的小型保溫箱裡拿了出來。此時的吳太太毫不懷疑接下來會發生些什麼，這些場景還在她坐在飛往紐約的班機上，就不止一次地想像過了，而且每次的想像都驚人一致，那就是兒子全家，在看到那些精製而成的韓國烤牛排的剎間，會不約而同地發出一陣興奮的歡呼聲。此時此刻，早已做好心理準備的她便站在那裡，以平靜的心態等待著這樣的場景出現。

事先想像的場景果然出現了——吳太太真真切切聽到兒子和兒媳發出的驚呼聲。但接下來她卻發現事情似乎有些不大對頭。這首先源於她自已嗅覺的提醒，她聞到一股難以忍受的怪異臭味，而且這種難聞的味道迅速在整個屋子裡彌漫開來。一臉愕然的吳太太簡直不明白怎麼會是這樣，她下意識地抬起頭來，一臉茫然地看著身旁的兒子和兒媳，彷彿答案就在他們的臉上。可是她看到的則是兒子臉上那同樣茫然不解的神態，至於兒媳更是不加掩飾地露出忿然嫌惡的表情，邊以手掩面邊匆匆向臥室裡跑去，隨著一聲巨響，臥室的門在兒媳的身後「碰！」的一聲，重重地關上了。

房間裡倏然間變得死一般地寂靜。窗外傳來一陣陣烏鴉們聒躁的叫聲，彷彿是專門趕來添亂似地，聽上去越發令人焦煩不已。精於算計的吳太太做夢也沒有算計到竟然會出現這樣的場面，一時間愣然呆在那裡說不出話來，隨即一種委屈和惱羞交織在一起的情緒，湧滿了她的心頭，以至於老淚都差點溢出眼眶。有那麼一刻，惱羞成怒的她，甚至打算立馬拔腿走人，幸好懂事的兒子及時反應過來，拉著母親反覆勸慰，最後總算是將這件頗為尷尬的事情給壓了下去。

因為那四盒韓國烤牛排的事情，吳太太一開始就心裡不太自在，可能與這樣的心態也有關，在接下來的幾天裡，她總覺得那個義大利兒媳對自已的態度不大正常，既便兒媳偶爾朝著自已露出一點笑臉，在她看來卻也分明帶有敷衍和敬而遠之的意味。這樣一來，吳太太自然就打消了原本長住的念頭，在兒子家裡只住了一個禮拜便打道回府。事實上在這七天的時間裡，吳太太幾乎每天都趁著兒子媳婦上班不在家的空檔，用電話聯繫回程接機的事情，但要麼是沒人接聽，要麼是被對方婉言相拒。她乘座的回程班機是在晚上，再加上不知為何，飛機起飛時又耽擱了半個多小時，所以等她走出洛杉磯機場時，差不多已是三更時分了。由於無人接機，她只好匆匆乘上一輛開往洛城的小型中巴客車。

開車的司機是一個面無表情、體格壯碩得像一頭棕熊的墨西哥男人。吳太太自打一上車，就對這位司機生出一種說不出來的恐懼感，再加上她自小懼怕夜色，所以這種恐懼感就在此時顯得更加濃重。幸好當時車上除了她之外還有另外六個乘客，她的心才稍稍得以平靜下來。豈知越怕什麼就越來什麼。在接下來的行程中，本來就心有餘悸的吳太太，眼見車上的乘客一個個先她下車而去，到最後空蕩蕩的車廂裡，竟然只剩下她一個老太太與那個司機作伴，先前的那種恐懼感不由得再次襲上她的心頭，而且以前聽別人說起過，或者從報紙上、電視上看到的那些血淋淋的案例，像電影鏡頭似地在她的眼前展示出來，種種不祥的預測也開始在她的心裡屢現不止。

有一段時間，她總是感到按正常時間早該到家了，為什麼車子還在這夜色濃重的路上開個不停？這個面目可憎的司機打算做什麼？越想就越害怕，到最後，以至於她的額頭上竟然泌出一層細密的冷汗來！就在吳太太的精神幾乎要崩潰的時刻，她驀然看到那座離自已家不遠處的小型超市，這下，她才如夢初醒般地長長吁了一口氣。

車子方停，吳太太就慌忙開門下車，等司機卸下行李轉身等款時，她趕緊將先就捏在手裡的四十元鈔票遞到那伸來肥厚碩大的手掌上。

「嘿！太太，妳少給了五塊錢。嗯！還——還有我的小費呢？」吳太太手還沒來得及收回，耳邊就響起了那大個兒急促的討債聲，霎間一隻厚掌直逼了過來，乍一看，直嚇得她心驚肉跳，不覺猛退了幾步。待站定後，馬上意識到這兒是自己的住所自己的地盤，於是她仗著在自家地盤的有利局勢，便卯足了全勁，有持無恐毫不客氣地向他據理力爭。

「誒！不是老人都有五塊錢的折扣優待嗎？」

「呵呵呵！太太，您說得的確沒錯——只是妳得在上車前先向我申明才行啊！呵呵！」司機大叔一面呲著大白牙，搖頭擺腦地裂嘴打哈哈，一面睜著如銅鈴的大黑眼，眨巴眨巴地回瞪了過來。

吳太太這下子不聽還好，一聽之後，竟是這般「師出有名」的「睜眼耍賴」之辭，按她易怒本性，哪能不火冒三丈？即覺腔內一團熱火直往腦門上轟然竄來，正待要發，突瞧那虎背熊腰的司機大爺，就像是一座小山般，正朝向自己逼將了過來，那對如銅鈴的牛眼，在殘餘的月光下，更是顯得陰森嚇人，吳太太乘機四下一望，畢竟天色還太早，左鄰右舍都還在睡夢中，巷弄空寂無人，看到這般光景，又掂量了下自己處境，似乎情勢並不如自己所估量的那麼有利，甚至身居在劣勢之中，此刻唯有破財消災，就真是別無他法了。

想通之後，由不得倒抽了口冷氣，吳太太只好憋住怨氣，連忙扒開皮包，想盡快抽出張十元鈔票趕緊把他打發了事，以解除當前的緊迫威脅。當人在倒霉時，似乎所遇到的每件事都極其不順，當時的吳太太就是這麼「禍不單行」霉運到家，當她在皮包裡左挖右掏，把個皮包翻來轉去都弄了個「底朝天」，哪知，所掏出的不是二十就是五十元票子，偏偏就獨缺他那該死的十塊錢！而個中雖也炒到幾張零頭小票子，只是無論怎麼的左拼右湊，就是沒法把十元湊齊了。

就這樣在拼湊期間，那討債鬼的哈氣聲，也與時並進的愈來愈急促了，像是已等得極不耐煩了。吳太太就此心下一慌，根本也來不及細想，抓了張二十元大鈔慌忙交上，只見那原本緊繃的肥臉，驟間喜得展眼舒眉，他翻著那張厚嘴唇「呵呵！呵呵！」地笑開了。

隨即這尊似山大爺的司機，縱身跳上汽車，只聽得「轟轟」兩起引擎發動聲，然後一團白煙從車尾應聲冒出，小客車就在茫茫的晨霧中，極速消失得無蹤無影，留下滿臉既驚恐又懊惱的吳太太，猶自發愣地呆在原處。

此刻天色已亮，雖然太陽還沒有升起來，但東面的天際卻已被霞光浸染得萬紫千紅。樹上的鳥兒們早已醒來，嘰嘰喳喳地發出悅耳的啼聲。以往在這個晨曦初露的時刻，吳太太心裡總會生出一種很特別的美好感覺，但現在，她卻一點也提不起興致來。她站在那裡，臉上的神情看上去有些發呆，片刻之後，打了一個聲音很響的噴嚏。

「喔，不會是受涼感冒了吧？如若這樣的話，那麼這趟依親之旅可是更劃不來了。」她搖了搖頭又自言自語地嘆惜道：「唉！想想這次紐約之行，可是虧大了的呢，呵！真是的，怪就怪在事先沒算計好，照這樣說來，自已的算計還是不夠周全呢。」

吳太太這樣想著，然後便一臉惆悵地向自已的家裡走去。

語言文學類　PG0609

洛城客

作　　者／劉詠平
責任編輯／林泰宏
圖文排版／譚嘉璽
封面設計／陳佩蓉

發 行 人／宋政坤
法律顧問／毛國樑　律師
印製出版／秀威資訊科技股份有限公司
114台北市內湖區瑞光路76巷65號1樓
電話：+886-2-2796-3638　傳真：+886-2-2796-1377
http://www.showwe.com.tw
劃撥帳號／19563868　戶名：秀威資訊科技股份有限公司
讀者服務信箱：service@showwe.com.tw
展售門市／國家書店（松江門市）
104台北市中山區松江路209號1樓
電話：+886-2-2518-0207　傳真：+886-2-2518-0778
網路訂購／秀威網路書店：http://www.bodbooks.com.tw
國家網路書店：http://www.govbooks.com.tw
圖書經銷／紅螞蟻圖書有限公司
114台北市內湖區舊宗路二段121巷28、32號4樓
電話：+886-2-2795-3656　傳真：+886-2-2795-4100

2011年09月BOD一版
定價：300元

國家圖書館出版品預行編目

洛城客 / 劉詠平 著.-- 一版. -- 臺北市 : 秀威資訊科技,
2011.09
面； 公分. -- (語言文學類 ; PG0609)
BOD版
ISBN 978-986-221-805-1(平裝)

855 100014378

讀者回函卡

感謝您購買本書，為提升服務品質，請填妥以下資料，將讀者回函卡直接寄回或傳真本公司，收到您的寶貴意見後，我們會收藏記錄及檢討，謝謝！

如您需要了解本公司最新出版書目、購書優惠或企劃活動，歡迎您上網查詢或下載相關資料：http:// www.showwe.com.tw

您購買的書名：________________________________

出生日期：________年________月________日

學歷：□高中（含）以下　□大專　□研究所（含）以上

職業：□製造業　□金融業　□資訊業　□軍警　□傳播業　□自由業

　　　□服務業　□公務員　□教職　□學生　□家管　□其它______

購書地點：□網路書店　□實體書店　□書展　□郵購　□贈閱　□其他

您從何得知本書的消息？

□網路書店　□實體書店　□網路搜尋　□電子報　□書訊　□雜誌

□傳播媒體　□親友推薦　□網站推薦　□部落格　□其他__________

您對本書的評價：（請填代號　1.非常滿意　2.滿意　3.尚可　4.再改進）

封面設計____　版面編排____　內容____　文／譯筆____　價格____

讀完書後您覺得：

□很有收穫　□有收穫　□收穫不多　□沒收穫

對我們的建議：________________________________

____

____

____

請貼
郵票

11466
台北市內湖區瑞光路 76 巷 65 號 1 樓
秀威資訊科技股份有限公司 收
BOD 數位出版事業部

（請沿線對折寄回，謝謝！）

姓　　名：＿＿＿＿＿＿＿＿　年齡：＿＿＿＿　性別：□女　□男

郵遞區號：□□□□□

地　　址：＿＿＿＿＿＿＿＿＿＿＿＿＿＿＿＿

聯絡電話：(日)＿＿＿＿＿＿＿＿(夜)＿＿＿＿＿＿＿＿

E-mail：＿＿＿＿＿＿＿＿＿＿＿＿＿＿＿＿